富安陽子 著
大庭賢哉 繪 王蘊潔 譯

誤闖狐狸殿堂

人狐一家親 6

晨星出版

目錄

人狐一家親 6
CONTENTS

登場人物介紹

●**信田結**（小結）……長女，小學五年級，擁有可以聽到風之語能力的「順風耳」。

●**信田匠**（小匠）……小結的弟弟，小學三年級，有可以看到過去和未來的「時光眼」。

●**信田萌**（小萌）……家中的小女兒，具有可以傳達人類以外動物語言的「魂寄口」。

●**信田幸**（媽媽·阿幸）……不顧狐狸家族的反對，堅持和人類爸爸結婚的可靠媽媽。

●**信田一**（爸爸·阿一）……大學植物學教授，個性開朗溫柔，是造成狐狸家族頭痛的原因。

●**鬼丸**（鬼丸爺爺）……媽媽的爸爸。每次想看電視時，就會出現在信田家的客廳。

●**齋**（齋奶奶）……媽媽的媽媽。當初反對女兒嫁給人類，所以至今仍然沒有和爸爸，還有幾個孫子、孫女見過面。

●**祝**（祝姨婆）……媽媽的阿姨，興趣是把不吉利的預言告訴別人。

●**夜叉丸**（夜叉丸舅舅）……媽媽的哥哥，自尊心很強，卻吊兒郎當。是狐狸家族的麻煩人物。

●**季**（小季）……媽媽的妹妹，變身高手。聽到小結他們叫她阿姨，就會不高興。

家族關係圖

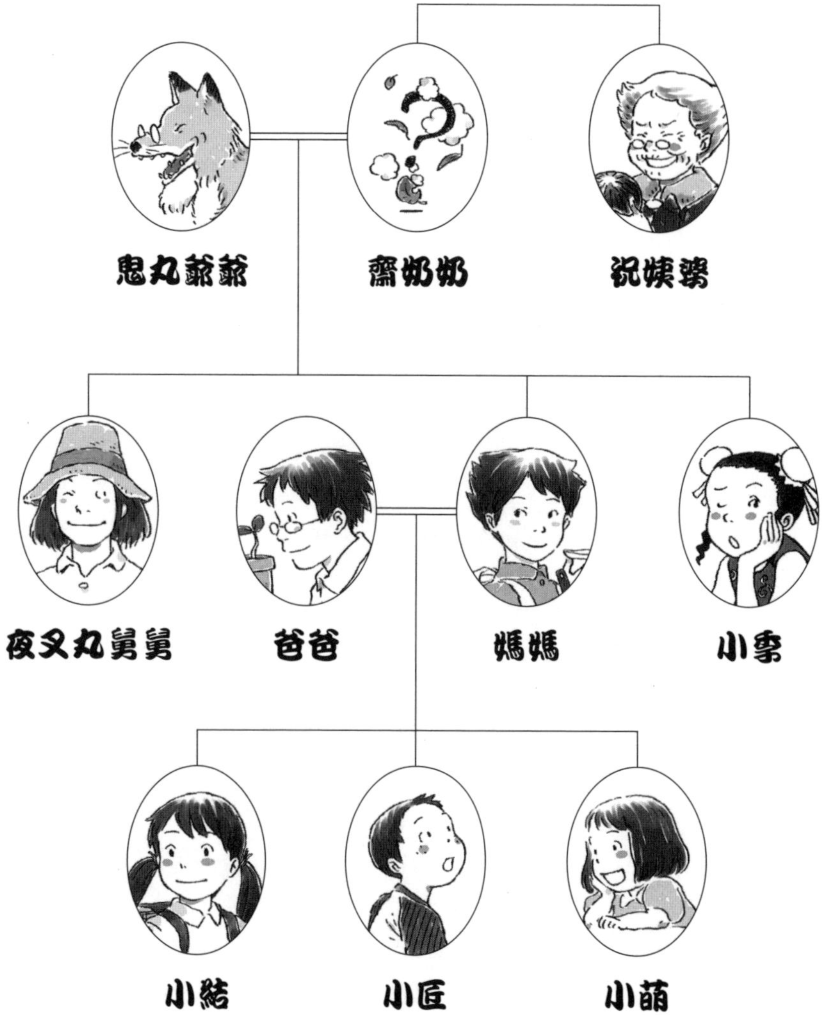
鬼丸爺爺
齋奶奶
祝姨婆
夜叉丸舅舅
爸爸
媽媽
小季
小結
小匠
小萌

1 穿越隧道

三天連假的第一天早晨，連續下了一個星期的雨竟然停了，和煦的微風帶著桂花香氣，從敞開的窗戶吹了進來。天空一片蔚藍，萬里無雲，美好的秋日即將拉開序幕。信田家計劃今天要去「鮮花綠野山丘」的主題樂園烤肉，但是一大早就有點出師不利。

首先，在吃早餐時，小萌因爲即將出門玩而興奮不已，不小心打翻了一整瓶牛奶。牛奶從瓶子裡飛噴了出來，直接噴向正在看報紙的爸爸，簡直就像事先瞄準好似的，淋了爸爸一身。媽媽看到白色的牛

奶從爸爸的頭上滴了下來，急急忙忙跑去廚房準備拿抹布，反而不小心打翻了喝到一半的咖啡，結果爸爸身上又被潑了咖啡。

「啊！怎麼辦！」媽媽大叫著跑進廚房。

「對不起。」小萌垂頭喪氣地道歉，但是看到爸爸身上又是牛奶，又是咖啡的樣子，興奮地叫著她剛學會的名詞。

「咖灰歐蕾！媽媽，妳看！爸爸的毛衣變成咖灰歐蕾了！」

「不是咖灰歐蕾，是咖啡歐蕾！」

雖然爸爸被咖啡和牛奶淋得渾身髒兮兮，但還是糾正了小萌。

「可是……就算毛衣上的牛奶和咖啡混在一起，毛衣上的污漬也不能叫咖啡歐蕾。」

小結拿起旁邊的毛巾，一邊擦桌子一邊對小萌說。

「那叫什麼？」

小萌歪著頭問。

「就只是污漬而已。」

小結皺著眉頭說。這時在一片忙亂中，唯一置身事外，若無其事地吃著三明治的小匠，突然發出了尖叫聲，分不清是「哇」還是「呀」的聲音，指著小結手邊的東西說：

「姊姊！妳用什麼擦桌子？妳看清楚！那不是毛巾！是我的運動服！」

雖然一大早就發生了這麼多意外，但信田家的人也沒有洩氣，合力收拾了咖啡歐蕾造成的水災，把要洗的衣物丟進了洗衣機，關好門窗，總算順利出門，準備出發上路了。

爸爸連頭髮上都被噴到了牛奶，最後只好從頭到腳都換上乾淨的衣服，現在穿著的毛衣和長褲是剛從衣櫃深處拿出來的，所以散發濃濃的樟腦丸味道。因爲連續下了一個星期的雨，爸爸沒有其他可以穿出門的衣服了，只能勉強湊合一下。

小結和小匠一坐上車，馬上把後座兩側的車窗完全打開。因爲爸爸身上殘留的牛奶味，和樟腦丸的味道混在一起，實在太難聞了。

爸爸和媽媽也打開了車窗。

就這樣，風和日麗的秋日早晨，這台轎車所有車窗都打開，載著信田家的五個人出發了。

「鮮花綠野山丘」的花田四季都會盛開不同品種的鮮花，還有果樹園、小型遊樂園和烤肉廣場，是一個充滿自然風光的休閒空間。走高速公路，只要不到一個小時就可以抵達，是可以當天輕鬆來回的景點。小結一家人去年春天也曾經去那裡採草莓，當時就說好「下次要來這裡烤肉」。

因爲是連假期間，高速公路會塞車，於是爸爸決定走需要翻山越嶺的老舊道路。爸爸的這個決定完全正確，聽車上廣播的路況報導，發現高速公路上到處都有塞車情況，但是舊路沿途都沒什麼車子，車子一路暢通。

位在山谷梯田的稻子還沒有收割，稻穗的頭都壓得低低的。清爽的秋風吹過，整個山谷好像是金色的波浪般陣陣翻騰。金色波浪之間那條筆直道路的盡頭，就是張開大嘴的隧道入口。

「只要穿越那個隧道，馬上就可以到了。走這條路果然是正確的決定，應該會比我們原本預計的更早抵達。」

媽媽看著攤在腿上的地圖說完後，坐在後座的小匠歡呼起來：

「太棒了！馬上就可以烤肉了！」

坐在一旁的小結插嘴說：

「簡介上有寫烤肉廣場是從十一點開始營業，你知道現在才剛過十點嗎？」

「花田呢？花田在哪裡？」

坐在小結和小匠中間的小萌不停蹦蹦跳跳地問著。

「小萌，妳要乖乖坐好，很快就到花田了。」

坐在副駕駛座上的媽媽轉過頭提醒小萌，但小萌仍然興奮不已。

「花田！花田！」她歡呼著，在座位上像橡皮球一樣彈跳著。

小結按住妹妹的身體說：

「好了！小萌，妳不要再跳了，會從車窗飛出去。乖乖坐好。」

小結說完這句話後，握著方向盤的爸爸對大家說：

「大家把車窗關起來，我們要進隧道了。」

當四個車窗關起來的同時，車子從明亮的秋日陽光下，滑進了黑漆漆的隧道深處。

不時閃著橘色燈光的隧道緩緩向左側彎曲，好像通往很遠很遠的地方。

「好長的隧道啊！」

媽媽看著地圖，忍不住歪著頭感到納悶。

「地圖上看起來並沒有這麼長……」

「嗯，真的很長呢。」

握著方向盤的爸爸也點頭這麼說，因為車子行駛了好久好久，一直沒有看到出口，也沒有看到任何車子迎面駛來。沒有盡頭的黑色隧道中，只有信田家的車子不停地行駛。

「真的是這條隧道，對嗎？沒有走錯吧？」

爸爸不安地問，媽媽用力點頭說：

「對啊，剛才進隧道前，我看到入口寫著『龍脳隧道』，絕對不會錯的。」

「但這個隧道也未免太長了……」

爸爸說這句話時，終於在黑暗的盡頭看到了出口微弱的亮光。

「真是不容易，終於可以駛出隧道了。」

爸爸鬆了一口氣。媽媽對爸爸說：

「出了隧道之後就會有十字路口，在那個紅綠燈右轉。應該一出隧道就會看到，小心別開過頭了喔。」

眼看出口的亮光越來越近。爸爸輕輕踩了煞車，放慢了車速。

「出了隧道之後，馬上就會看到紅綠燈，在那右轉，對嗎？」

爸爸在確認的同時，駛出了隧道。車子從黑暗滑入了陽光中。

但是，駛出隧道後，並沒有看到號誌燈。

「根本沒有十字路口啊。」

從後座探出身體，看著前方的小匠驚訝地說。

「太奇怪了，難道是地圖有問題嗎？地圖上顯示一出隧道，就有一個號誌燈……」

媽媽注視著向前方延伸的路，歪著頭感到納悶。眼前是一個很大的右彎道，然後道路消失在前方的樹林中。

「會不會是在轉彎處那裡？」

小結說，爸爸也點了點頭，稍微加快了車速。

「嗯，一定是實際距離看起來比地圖上更遠，像剛才的隧道也比想像中更長。」

但是，即使轉彎之後，也沒有看到號誌燈，也沒有路口。只有一條山路不斷向前延伸，沿著斜坡緩緩上山。

「太奇怪了……」

爸爸放慢了車速，再次嘀咕著。

「迷路了嗎？」

小萌看著其他人，擔心地問。

媽媽轉頭看向後座，對小萌說：「別擔心。我們在進隧道之前，都是按照地圖的指示走，也沒有走錯隧道，但是……」

這時媽媽皺起眉頭，氣鼓鼓地瞪著攤放在腿上的地圖。

「那爲什麼沒有號誌燈呢？難道是地圖畫錯了嗎？」

「所以我之前就說，要裝衛星導航嘛。」

小匠噘著嘴說。

「明明只要裝了衛星導航系統，就不用擔心迷路了……」

叭、叭。一輛白色的車子輕按著喇叭，超越了爸爸的車子，沿著山坡駛去。

「總之，再往前開一小段路看看吧。」

爸爸打定主意後踩下了油門。

「反正就算要往回走，也得找一個可以掉頭的地方。」

進入隧道前關上的車窗，小結再次打開，豎起耳朵，聽著吹進車窗的風。不知道是否因爲車子上了山的關係，風比剛才更涼快了，而且有濃濃的草木味道。

「咦？」

小結立刻發現了奇怪的事。

「怎麼了？」

媽媽轉過頭，看著小結問。

「沒聽到車子的聲音。」

小結豎起「順風耳」回答。

小結他們三個孩子是人類爸爸和狐狸媽媽生下的孩子，所以分別從狐狸族繼承了特殊的能力。

年紀最小的小萌具有可以傳達人類以外動物語言的「魂寄口」，小匠具有可以穿越時空，看透過去和未來的「時光眼」，小結繼承了可以捕捉風帶來的氣味、聲音和動靜的「順風耳」。

小結豎起順風耳細聽山路前方的聲音和動靜，忍不住歪著頭說：

「進隧道前，我豎起耳朵時，都有聽到遠處車子的聲音，現在完全沒有任何聲音，簡直就像整條路上，就只有我們家這輛車……」

「但是，剛才不是有一輛車子超過我們嗎？」

小匠這樣說道。

「嗯，但是我完全聽不到任何聲音，既沒有引擎聲，也沒有輪胎的聲音……」

「是不是那輛車在哪裡停下來了？」媽媽說。

「咦？」

這時，爸爸發出了很大的聲音，大家都驚訝地看向前方。爸爸手握方向盤，目不轉睛地注視著前方蜿蜒山路的盡頭。

「我剛才看到前面的樹林有鳥居。紅色的鳥居，這條路看起來就是通往那裡。」

媽媽急忙低頭看著地圖。

「太奇怪了……。地圖上完全沒有神社的標誌……。難道真的在哪裡走錯路了嗎？」

車子仍然沿著蜿蜒的山坡一路開上去。原本雙線道的山路漸漸變成單線道，道路漸漸變得狹窄，變得只有一輛車子可以勉強通過。當車子沿著狹窄的路繼續行駛，駛過一處往左的大彎道時，一排紅色大鳥居突然矗立在他們面前。

自從穿越隧道後，一路朝山上攀爬的道路，在抵達鳥居後就中斷了。前方是通往更山上的石階，還有一整排拾級而上的鳥居。

「真傷腦筋……」

爸爸小聲嘀咕著，把車子開到坡道盡頭後，在鳥居前停了下來。

「這裡根本沒辦法掉頭。」

鳥居周圍連一小塊空地都沒有。

「應該在前面豎一塊『此路不通』的牌子才對啊！我們開了半天，竟然是死路，也未免太過分了。」

爸爸嘆著氣，抬頭看著鳥居。

「現在只能一路倒車下山了。」

「但是……你們說……」

爸爸熄了車子的引擎，車內的小結開口說。

「剛才的車子去哪裡了？」

其他人都大吃一驚地看著小結，一瞬間，寂靜籠罩了車內。

「剛才沒有看到那輛車子往回開，路上也沒有看到車子停在哪裡。那輛車子……消失了？」

2 結界

信田家的人四處走動，尋找那輛消失的白色車子，但是，即使朝樹林深處張望，或是撥開草叢檢查，不要說車子，甚至沒有看到輪胎留下的痕跡。白色車子就這樣消失得無影無蹤了。

「你們看，這個東西黏在車子上。」

小匠繞著爸爸的車子轉了一圈，從後車箱上撕下了什麼東西，在大家面前甩了甩說道。看起來似乎是白色的紙片。

「那是什麼？黏到紙屑了嗎？」

小結歪著頭問。

「哎呦！妳看清楚。」

小匠用雙手拉著白紙上下兩端，出示給大家看，大家才終於發現那並不是紙屑。

那張紙看起來就像是白色的「新手駕駛」標誌[1]，和新手駕駛貼在車子上的那種黃色和綠色的新手駕駛標誌形狀一模一樣，只不過小了好幾號，紙張也很薄，而且是白色的，上面還寫了奇怪的字。

「哎呦……」媽媽說著，走向小匠，然後接過那張奇怪的紙，仔細打量之後，又叫了一聲：「哎呦！」

「怎麼了？」小結問媽媽。

「媽媽，妳知道這是什麼紙嗎？」小匠也問。

1　新手駕駛標誌，日本《道路交通法》規定第一次取得駕照的駕駛，必須在一年內貼在車上的貼紙。形狀類似箭羽，左半邊是黃色，右半邊是綠色的。

「這是狐狸族在施『符咒法』時使用的『咒符』。」

「符咒？……咒符？」

小結歪著頭問，媽媽點了點頭，向大家說明。

「符咒法是一種把咒文寫在符紙上的咒術，而咒術就是……一種巫術。」

「巫術……？」

小結重複了媽媽說的話，大家都不安地互相看著彼此。

「但是，爲什麼這種咒符會貼在我們家車上？這是什麼巫術？」

小匠問。

媽媽想了一下後，開始娓娓道來：

「這個咒符稱作『白羽符』，有人想要召喚別人時，就會使用這種咒符。咒符上用狐狸文寫了『召喚』的咒文，可以操控想要召喚的人。……也就是說，我們會來到這條無法繼續通行的路，我想……不

是偶然，也不是迷路。

我們是因爲這張白羽符的力量，被召喚來到這裡的。」

其他人更加感到不安，陷入了沉默。最後，爸爸開口了。

「……但是，是誰施了這種巫術？那個人又有什麼目的？」

「既然這個咒符是狐狸族使用的，就代表是狐狸族的某個人施的巫術。」

小結這樣說道，媽媽聽了小結的話後點了點頭說：

「對啊，這個人知道這個咒符

的使用方法，就代表他是狐狸族的人。只是，對方到底是誰，為什麼做這種事，我完全沒有頭緒。可以確定的是那個人無論如何都希望把我們召喚來這裡。還有，我也知道剛才消失的白色車子是怎麼回事了。那也是白羽符巫術的一部分，是把我們引入這座山的誘餌。我們在這座山的入口猶豫時，那輛車故意在我們前面上山，把我們引來這裡。任務完成後就消失了。」

「這裡，到底是什麼地方啊？」

爸爸嘀咕著，其他人也都默默地看向相同的方向，看著矗立在道路盡頭的鳥居，似乎在尋找答案。

這時，一陣大風從山上盤旋而下吹了過來，彷彿在邀請抬頭仰望的一家人，把他們包圍住。

「啊！」

媽媽手上的白羽符突然被風吹走了。

風把白羽符吹到爸爸那裡，貼在爸爸胸口的毛衣上，爸爸把吹到他身上的咒符輕輕拿了下來。

「喔喔，這是尋找犯人的重要證據，我先保存下來。」

爸爸說完，小心翼翼地把白羽符折了起來，放進了皮夾。

「犯人……那個把我們召喚來這裡的傢伙是不是就在山上啊？」

小匠站在鳥居下方，看著通往山頂的石階小聲嘀咕。小結豎起了順風耳，試圖聽石階上方的動靜。

「完全……聽不到任何動靜。」

小結目不轉睛地注視著石階上方說著。這時，站在鳥居下探頭張望的小萌突然歡呼起來：

「哇！是隧道耶！有紅色隧道！」

站在第一個鳥居下方，抬頭看向沿著石階而建的一整排鳥居，的確很像在看一座紅色的隧道。

「隧道！樓梯隧道！」

小萌興奮地叫了起來，爸爸還來不及阻止，她就已經躦到鳥居下方，走上石階。當小萌矮小的身體經過鳥居下方的瞬間，她的身影就從大家眼前消失了。

「小萌！」

媽媽慌忙跑向鳥居。

「小萌，妳在哪裡？」

爸爸也慌忙地走到鳥居下方去追小萌，媽媽也跟著追了上去。

結果爸爸和媽媽也都消失了，就在經過鳥居下方的那一瞬間！

「咦？咦——？咦——？什麼情形？這是怎麼回事？」

小結親眼目睹小萌和爸爸、媽媽從眼前消失，陷入一片混亂，忍不住驚叫起來。

「消失了……，三個人都消失了……」

小匠走到小結身旁，抬頭看著鳥居愣在那裡，小聲嘀咕著。

「他們去哪裡了？姊姊，妳有沒有聽到什麼聲音？有沒有聽到他們的動靜？」

小結對小匠的問題一臉茫然地搖了搖頭。

「完全不行，我剛才就豎起了順風耳，但是什麼都聽不到。這個鳥居好奇怪，感覺它後面好像什麼都沒有。雖然可以看到石階和鳥居，但感受不到任何動靜，簡直就像在看一個空洞。」

「怎……怎麼辦？」

小匠有點結結巴巴，深呼吸了一口氣問小結。

小結注意到自己口乾舌躁，爲了讓自己的心思平靜下來，她深呼吸了一口氣。

「那還用問嗎？」小結說，「當然要去追他們啊，我們站在這裡，也沒辦法解決任何問題。」

2 結界

小匠露出嚴肅的眼神點了點頭。

「……是啊，當然要去追他們。」

小結和小匠站在一起，再次注視紅色鳥居。

「走吧。」

小結說完，牽起小匠的手，緊緊握住。

「OK。」小匠看著鳥居，點了點頭。

小結深呼吸一口氣，準備在適當的時候踏上石階，她用力握了一下小匠的手，向他打了暗號。

「一、二……」

「三。」姊弟兩人同時走到鳥居下方，跳上第一級石階。就在這時，他們迎面撞上了站在同一級石階上的爸爸、媽媽和小萌。

「好痛、好痛、好痛。」

爸爸一屁股跌坐在第二級石階上，摸著自己的腰。

「太好了！大家都來了！」

小萌看著小結和小匠，歡天喜地地跳了起來。

「什麼啊！原來你們在這裡。」

小匠既是鬆了一口氣，又是生氣地看著先來一步的三個人。

「太好了……，我還以為小萌、爸爸和媽媽都消失了……。因為我們站在鳥居外，眼睜睜看著你們三個人一個接一個地消失了。」

小結說完，媽媽一臉嚴肅地開了口。

「現在……好像不是能說『太好了』的情況，因為我們好像被困住了。」

「……被困住了？困在哪裡？」

小結一臉錯愕地問。

「就是鳥居這裡的世界。」媽媽說。小結和小匠聽到媽媽這麼說，才轉頭看向後方，兩個人同時倒吸了一口氣。

「不見了……，鳥居的另一邊……」

小匠小聲嘀咕說道。小結和小匠剛才站的地方，山路、汽車和樹木……還有從鳥居看出去的風景，全都被一片白色的濃霧包圍，什麼都看不到了。

跌坐在地上的爸爸終於站了起來。

「不光是看不到，也出不去。沒辦法走到鳥居另一邊，即使想要從鳥居下走出去，也會被那些像濃霧，朦朧不清的東西推回來。」

「推回來？被霧推回來？」

小結反問，戰戰兢兢地將手伸向濃霧，立刻明白爸爸說的意思。

「真的欸……」

這團濃霧就像橡膠一樣有彈性，用手掌輕輕一推，就會彈回來。如果再更用力的話，濃霧就會更大力地把小結的手推回來。

「你們看，還可以這樣喔！」

小萌整個人撲向濃霧，就像橡皮球一樣彈了回來。小匠見狀，也立刻跟著模仿玩了起來。

「喂！現在不是玩的時候吧？要趕快找能出去的地方。」

小結看弟弟和妹妹玩得不亦樂乎，覺得很受不了，然後在鳥居隧道內的濃霧牆上摸了起來。

「應該……沒辦法。」

媽媽對想找通道的小結說。

「爲什麼？不試怎麼知道？」

小結在濃霧牆上到處按壓摸索著回答，媽媽向她說明：

「看來鳥居這一邊和那另一邊的世界中間設了結界之類的東西。結界就像是一扇門，將兩個時空隔開，想要打開的話，必須先打開門鎖。否則無論怎麼踹，怎麼用身體撞，也無法在時空之間穿越。」

小匠停止玩耍，驚訝地問媽媽：「不同時空之間的門……，所以鳥居的這一邊和另一邊是不同的時空嗎？」

「對。」媽媽點了點頭說：「我們走進那個鳥居的瞬間，就踏入了不同的世界。」

「難怪我剛才豎起順風耳，也什麼都聽不到……。我在鳥居的那一側，完全聽不到任何動靜，也聽不到任何聲音，原來是因爲經過鳥居之後，就是另一個世界了……」小結說。

「也就是說我們被困在另一個世界。」爸爸說。

一家人抬頭看石階入口的鳥居，第一個紅色鳥居飄浮在神祕的濃霧間，就像是守門人一樣張開雙腳，不讓人通過。

「現在，要怎樣才能回去原來的世界呢？」

爸爸打量著鳥居問，媽媽望著鳥居，眼睛的視線兜轉了一圈後，抬頭看向通往山上的石階。

「究竟是誰，又是爲了什麼，而把我們召喚過來這裡？怎樣才能回去原來的世界？這些答案應該就在山上。」

爸爸嘆了好大一口氣說：

「那麼，總而言之，只能上去看看了，雖然我實在很不想去。」

這時，豎起順風耳的小結大吃一驚說：

「我聽到了！剛才還完全聽不到任何動靜，現在可以清楚聽到石階上的動靜。」

媽媽聽了小結的話，點了點頭說：

「因爲剛才妳站在這個世界的門外，現在妳已經進入這個世界，所以能夠聽到這個世界的聲音。」

「好熱鬧啊。」小結閉上眼睛，專心傾聽石階上傳來的動靜後說。「吵吵嚷嚷的，好像有很多人……」

「什麼？有很多人？」

爸爸驚訝地看向石階上方。

「這意味著敵人不只一個嗎？」

這時，小結的順風耳聽到了誰正響亮地唱著歌。人群的喧鬧嘈雜聲很遠，但是那個歌聲很近……好像就在石階上方。

「……有人，在唱歌……」

小結集中注意力，聽著鳥居隧道傳來的歌聲。

嘿喲！來唷！

嘿喲！來唷！

喜慶歡慶，盛大婚禮。

金色稻穗，頻頻招手，
喜慶歡慶，歡慶喜慶，
尾巴搖搖，歡聚一堂。

小結立刻發現自己曾經聽過這個歌聲，忍不住驚訝地睜開眼睛。大家都看著她。

「怎麼了？妳聽到了什麼？」

媽媽問道，小結轉頭看著大家的臉說：

「我知道是誰在唱歌了。」

「是誰在唱歌？」

小匠問。小結輕吐了一口氣後，一鼓作氣地向其他人公布最不樂見的答案。

「是夜叉丸舅舅。在石階上唱歌的人，就是夜叉丸舅舅。」

3 祝宮

小結和小匠一口氣衝上石階，媽媽也緊跟在後，只有背著小萌的爸爸腳步沉重，一步一步慢慢走上石階。

果然不出所料，他們很快地在最上面的石階看到了夜叉丸舅舅的招牌大帽子。沒錯，正是夜叉丸舅舅在唱歌。

「夜叉丸舅舅！」

小結和小匠穿過最後一個鳥居，撲了上去，夜叉丸舅舅目瞪口呆地低頭看著他們。他打了一個嗝，語無倫次地開了口。

「……咦？爲什麼？你們怎麼會在這裡？這裡不屬於人類生活的鄉里，是我們生活的山上世界，人類是不可以來這裡的……」

小結和小匠聽了夜叉丸舅舅的話，才終於環顧四周。

石階上方有一棟巨大的房子，周圍用瓦頂泥牆圍了起來。小結他們站在圍牆外側，無法看到圍牆內的情況。但是，從可能少說也有超過百米的圍牆規模，以及隔著圍牆也窺視得到的巨大檜樹皮屋頂來看，都可以知道這棟房子是不同凡響的豪宅。豪宅內傳來了熱鬧的喧嘩聲，還有美味佳餚的香氣四溢。

「這裡是哪裡？」

當小結再次問這個問題，終於走上石階的媽媽穿過鳥居，出現在他們面前。媽媽眼神充滿怒火地瞪著夜叉丸舅舅。

「喂，哥哥！就是你把白羽符貼在我家車子後車廂上的吧？你到底想幹嘛？爲什麼把我們召喚過來這裡？這裡不是祝宮嗎？」

媽媽似乎知道這裡是哪裡。但是，被媽媽狠狠瞪著的夜叉丸舅舅似乎完全搞不清楚眼前的狀況，不停眨著眼睛，看著媽媽。

「什麼？……白羽符？召喚你們過來？我嗎？這是怎麼回事？」

小結的鼻子抽動了幾下，然後皺起眉頭，抬頭看著舅舅。

「舅舅，你身上都是酒臭味，你是不是喝醉了？」

「那是當然的啊！」

夜叉丸舅舅突然心情大好，眉開眼笑地說：

「因爲今天是喜慶歡慶的婚禮大日子，大峰山的阿久里和玉置山的村雨丸要結婚了，這麼難得的大好日子，如果不喝醉，不是對新人太失禮了嗎？」

夜叉丸舅舅自顧自地說著歪理，媽媽反問他：

「什麼？阿久里？你是說彌生的女兒阿久里嗎？」

「嗯，對啊。」

舅舅點了點頭。

「這麼說來，對了！妳和彌生小時候經常玩在一起。」

「呃……」

這時，爸爸終於走完了石階，站在大家的身後，向舅舅打招呼。

「哥哥，好久不見，看到你一切安好，真是太好了。」

「哇！」夜叉丸舅舅大叫一聲，後退了三步，看著爸爸。

「喂！這傢伙怎麼會在這裡？如果被人知道人類，血統純正的人類混入狐狸族的婚禮，會被大卸八塊！你趕快回去，趕快回去人類生活的世界。」

「如果回得去的話，我們早就回去了。」

媽媽怒不可遏地反駁。

「哥哥，你剛才不是說了嗎？現在正在舉行婚禮，在這種時候來到祝宮，我們即使想回去也回不去啊！」

「啊……，妳是說結界的關係啊。」

夜叉丸舅舅露出恍然大悟的表情。

「沒錯，在舉行婚禮期間，祝宮周圍會設置結界。……所以，啊！在今晚十二點，新娘的送親隊伍離開祝宮之前，你們都必須一直留在這裡！」

「這是怎麼回事？」

除了媽媽以外，全家人都聽不懂媽媽和夜叉丸舅舅在說什麼，小結代表大家問了這個問題。媽媽喘了一口氣，讓內心的怒火平靜下來後，轉身面對大家並冷靜地說明情況。

「剛才走石階走到半路，媽媽終於認出來了，也想起來這裡是哪裡了。這裡是『祝宮』，是一個特別的地方，位在狐狸居住的『山上世界』邊緣。簡單來說……嗯，就是狐狸族的婚宴會館……。但是，只有狐狸族之間特別的婚禮，才會在這裡舉辦婚禮。

狐狸居住的山上世界有好幾座山聚集，每一座山就像人類世界的一個國家，不同的山上居住著不同的狐狸族。當不同山上的狐狸結婚時，就會在祝宮舉辦婚禮。不同山上的狐狸結婚，就像是人類和外國人結婚，在狐狸的世界，這是很特別的事，以前可是絕對不允許這種事情……」

「但是，爲什麼婚宴會館要設置結界？」

小匠插嘴問道，媽媽回答：

「因爲在舉辦神聖的婚禮時，不希望有外人闖入，婚禮是只有狐狸族才能參加的神祕儀式，所以要設置結界徹底隔絕外人。在結界設置期間，不僅外人無法進入，一旦進入結界，就出不去了。」

「但是，根本就沒有徹底隔絕啊，我們不是輕輕鬆鬆地闖進來了嗎？」

小匠抱怨著，媽媽難過地嘆了一口氣。

「雖說是外人，但你們身上流著狐狸族的血液……，所以能夠穿越結界。爸爸之所以能夠進來，應該是因爲身上帶著白羽符的關係。剛才有一陣風把白羽符吹到爸爸身上，並不是巧合，那張咒符的魔力，把爸爸拉進了祝宮。」

夜叉丸舅舅開口說。

「聽妳這麼一說，我想起來了，妳剛才說了莫名其妙的話。好像是說我把白羽符貼在你們車上的……」

「因爲除了你以外，我想不到還有誰會做這種事。」

媽媽仍然帶著懷疑的表情看著夜叉丸舅舅。

「怎麼可能？妳在開玩笑吧！

再說，小幸，妳應該並沒有收到這場婚禮的通知吧？所有山上的狐狸都收到了婚禮的通知，更何況妳是新娘的媽媽彌生的朋友，照理說，應該第一個通知妳也不爲過，但妳知道妳爲什麼沒有收到婚禮的通知嗎？因為媽媽反對。媽媽說，放棄了山上生活，決定在人間生活的妳，已經和我們沒有關係了，所以才沒有寄通知給妳。既然媽媽不讓我們邀請妳，我怎麼可能不顧媽媽的反對，找你們來參加婚禮？」

語畢，信田家的人都被舅舅說服了。夜叉丸舅舅這個人雖然個性輕浮，吊兒郎當，經常給信田家添麻煩，但小結他們都知道，其實他個性很懦弱膽小，絕對不敢違抗可怕的齋奶奶。

「那，到底是誰做了這種事？」

媽媽自言自語地問，所有人都陷入了沉默。——就在這時。

「喂！夜叉丸！」

有人突然從瓦頂泥牆中間的小門冒出來，叫著舅舅的名字。

本來乖乖被爸爸背在身上的小萌一看到那個人，立刻扭著身體，從爸爸身上跳了下來。小萌站穩後立刻興高采烈地撲向那個人。

「鬼丸爺爺！」

「我就知道……」爸爸用別人聽不到的聲音小聲嘀咕著，但小結還是聽到了。

鬼丸爺爺出現在全家人面前。小萌突然撲了上去，爺爺嚇得嘴巴張大到下巴都快掉下來了，呆若木雞地看著信田一家。

「這是怎麼回事？」

爺爺一開口就這麼問。

「這到底是怎麼回事？我不是在做夢吧？竟然會在祝宮見到我的孫女和孫子！

而且連女婿也來了！女婿身上完全沒有一滴狐狸的血，是百分之百的人類，為什麼會出現在這裡？」

可憐的爸爸無法回答這個問題，只能低下頭。

「又不是我們想來這種地方，不知道誰把白羽符貼在我們家的車子上，召喚我們來到這裡。」

媽媽代替爸爸向鬼丸爺爺說明，鬼丸爺爺皺起眉頭說：

「這樣啊。竟然有人使用白羽符來召喚，好讓你們在完全不知情的情況下，把你們帶來這裡，真是費盡心機啊，但是，到底是誰做了這種事？」

「正因爲不知道是誰，所以才傷腦筋啊。在今天晚上十二點，新娘送親隊伍從祝宮出發之前，我們一家人都無法離開這裡。」

「這可不妙啊，因爲一旦被人知道，有狐狸族以外的外族混入婚禮，姑且不說我們了，其他狐狸不可能會袖手旁觀。大家一定會氣得抓狂，要求把外族大卸八塊。」

鬼丸爺爺也說了和夜叉丸舅舅一樣的話。

「我問你們，」這時，小匠插嘴問，「這裡不是狐狸住的山上世界嗎？爲什麼爺爺和舅舅不是狐狸的樣子，而是人類的樣子呢？」

夜叉丸舅舅回答了他的問題。

「這是一種傳統。婚禮的儀式從清晨六點開始，一直會持續到當天深夜。在這段時間內，我們會一直化身成人類，在這個祝宮內喝酒唱歌慶祝。說起來，有點像是變裝派對。因爲這是『狐狸出嫁』，大家當然要變身啊。等到深夜的新娘送親隊伍出發後，大家才會變回狐狸，在那之前，都會維持現在的樣子，這是婚禮的禮俗規定。」

小匠聽了之後，點了點頭。

「那不就沒問題了嗎？既然大家都是人的樣子，我們混在裡面，也不會被發現。」

「不不不，事情可不能這麼說。」

鬼丸爺爺眉頭深鎖，抱著雙臂說：「小結、小匠和小萌，你們身上有一半是狐狸的血液，所以應該可以矇混過去，問題在於血統純正的人類，只要聞一下，就會馬上穿……」

鬼丸爺爺說到這裡，突然歪著頭，拚命吸著鼻子。

「嗯?咦?……怎麼會這樣?這是什麼味道?聞起來不像是人類的味道……」

爺爺身旁的夜叉丸舅舅也用力吸著鼻子，然後皺起了眉頭。

「哇……，真受不了，這味道好難聞，而且也太濃烈了。……但是，這不是人類的味道。……該怎麼形容呢?這……這是，我知道了!是發臭的抹布味道!」

「啊……」小結點了點頭，和其他人相互使了眼色。小結他們長時間坐在車上，已經完全習慣了爸爸身上的味道，但爸爸的身上仍然散發出牛奶、咖啡和樟腦丸混在一起的複雜味道。

「小萌不小心把牛奶打翻在爸爸身上，然後媽媽又把咖啡淋在爸爸身上，所以爸爸變成咖灰歐蕾了。」

古靈精怪的小萌一臉認真地說明，但舅舅和爺爺目瞪口呆地互看了一眼。

「嗯。」鬼丸爺爺接著呻吟了一聲，露出讚賞的表情看著爸爸說：「這樣的話，別人或許聞不出你的味道。沒有人會想到狐狸的女婿竟然是人類。……但是，要說這個味道是狐狸的味道嗎……我也不這麼認為……」

「還有另一個問題。」

媽媽愁容滿面地說。

「那就是在婚禮期間，不是規定在祝宮絕對不能說謊嗎？怎樣才能不破壞這個規定一直假裝是狐狸呢？」

「那是什麼意思？」小結問。

「喔，對喔！」鬼丸爺爺拍了一下手。

媽媽再次主動為大家解說了起來。

「我剛才也說了，對狐狸族來說，祝宮是神聖而特別的地方，所以一旦走進祝宮，就必須遵守很多嚴格的規定。

而且祝宮位在狐狸族生活的山上世界最邊緣的位置，緊鄰人類生活的世界對吧！然而狐狸之所以在這裡舉辦婚禮，是有原因的。

很久很久以前，狐狸族還不允許不同山上的狐狸結婚的時候，玉置山和神倉山的狐狸相愛了。那兩隻狐狸總是瞞著其他狐狸，偷偷地約在可以看到人類世界的山邊碰面，每次見面，就向神明祈求：『神啊，求求你們，請允許我們結婚。』

有一天，兩位神明出現在那兩隻狐狸面前，神明是這樣說的：

『我們是田神和山神，如果你們能夠通過一百零八個考驗，就同意你們結婚。』

最後，玉置山和神倉山的狐狸，成功地通過了一百零八個考驗，順利結了婚。

即使是現在，當不同山上的狐狸要結婚時，狐狸一族都一定會通知山神和田神，請祂們同意自己結婚。

祝宮之所以設在山上世界和人類世界的交界處，就是為了方便邀請住在山上的山神，和住在人間的田神一起參加婚禮。

狐狸族的婚禮和人類世界的婚禮不一樣，並不是慶祝新郎和新娘結婚的儀式，而是新郎和新娘希望神明和山上的狐狸同意、認可他們結婚的儀式。

聽說以前婚禮的儀式很嚴格，現在已經寬鬆多了，但仍然確實保留了很多古代流傳下來的傳統，是到現在都沒改變的嚴格規定。

比方說，『嚴禁讕(ㄌㄢˊ)言[2]』——意思就是『不得說謊』，這個規定也是其中一個。

除此之外，因為山神不喜歡吃海鮮，所以在婚禮上的菜餚中絕對不能有海鮮；還有連一粒飯都絕對不准剩下，否則就會惹怒田神。新

2 讕(ㄌㄢˊ)言，不實的言詞。

郎和新娘在婚禮結束之前，都不能和對方說話，這種枝微末節的規定還有很多，問題在於最後要確認每個人是否遵守了『不得說謊』這個規定。

今天在婚禮期間，新郎和新娘要在所有狐狸和神明面前通過三大考驗……也就是三場考試。在這三大考驗結束之後，在儀式的最後，還有一個聚集在祝宮的所有狐狸都要參加的最終考驗等著。

這個最終考驗稱爲『驗明口嘴』，聚集在祝宮的所有狐狸都要一隻一隻接受考驗，確認這一整天是否曾經說過謊。

除了新郎和新娘、雙方的家人，聚集在祝宮內喝酒慶祝、歡慶狂歡的人，一個都不能遺漏，全都要參加這個考驗。

所以，今天一整天絕對不可以說謊。但我們竟然要在這種日子，隱瞞自己的真實身分？」

媽媽說到這裡，停了下來，突然輕嘆了一口氣。

「要怎麼確認有沒有說謊？」

小結發問。鬼丸爺爺回答了她的問題。

「喔，用『計數桐』的樹葉確認。」

「計數桐？」

小結歪著頭問，爺爺接著說明。

「計數桐是祝宮正殿後方的一棵樹，那是很久很久以前就生長在那的一棵神奇的泡桐樹。不知道爲什麼，這棵樹有一個神奇的特質，只要有人走進祝宮，計數桐就會掉下一片樹葉，所以只要計算掉落的樹葉數目，就可以馬上知道祝宮中有多少狐狸。說起來，就像是天然的自動計數裝置，所以被稱爲計數桐。」

「真是太難得一見了。」

百分之百人類的爸爸忘記了自己面臨的危機，雙眼發亮地說。爸爸是植物學家，所以對奇特的花草樹木十分著迷。

「泡桐樹是紫葳科的落葉樹，照理說，現在還不是落葉的季節。我一定要調查一下到底是怎樣的機制，讓泡桐樹的葉子掉落。」

小匠很受不了地看著爸爸說：

「爸爸，現在不是一定要調查這種事的時候，我們家面臨了重大危機。」

小結又問爺爺：

「爺爺，要怎麼用那棵泡桐樹的葉子分辨狐狸有沒有說謊呢？」

爺爺點了點頭後回答說：

「事情是這樣，簡單地說，把這種特別的桐葉，浸泡在特殊的藥水中，然後狐狸一隻接著一隻對著葉子吹氣。說謊的人只要吹一口氣，葉子就會變成鮮紅色。」

媽媽也開口，繼續補充說明：

「婚禮當天一早，計數桐周圍會放八個裝滿藥水的罈子，剛好在

樹周圍圍成一圈。

樹葉會掉進罈子裡，然後就浸泡在藥水中。

計數桐的葉子泡在藥水中一段時間之後，只要對著葉子吹一口氣，就能立刻知道吹氣的人有沒有說謊。當說謊的人吹氣之後，葉子就會變成鮮紅色，所以是識破謊言的石蕊試紙。

祝宮內的狐狸數和葉子的數目完全一致，所以誰都不可以矇混躲過這個考試。因爲如果有人逃避，葉子不是就會多出來嗎？」

小匠問：

「我們也會被計算進去嗎？我們不是狐狸啊！」

「不管是人類還是狐狸，都會列入計算。」爺爺回答。

「總之，無論是誰，只要一踏進祝宮，泡桐樹就會掉落一片葉子，掉進罈子裡。你們五個人當然也都會被算進去。」

「那麼，」小匠插嘴問，「如果被發現說謊，會怎麼樣？」

夜叉丸舅舅回答了小匠的問題。

「那就麻煩了，會接受狐狸世界『五山會』的審判，輕則『禁止使用變身術一年』，重則『永遠禁止使用變身術』。像我啊，今天一整天都超緊張，很擔心自己不小心說謊。」

平時經常不小心說謊的夜叉丸舅舅說是這樣說，但他看起來並沒有多緊張的樣子。

「對狐狸來說，被禁止使用變身術是很丟臉的事，是比頭頂的毛被剃掉一圈示眾的『圓形禿頭懲罰』丟臉一百倍。」

鬼丸爺爺補充說明後，曾經接受過圓形禿頭懲罰的夜叉丸舅舅尷尬地移開視線，不敢看其他人。

「但是，如果是這種懲罰，我們根本無所謂啊！」

小匠語氣開朗地說。

「因爲即使被禁止使用變身術，對我們而言，完全沒影響啊！因爲我們原本就不會變身。」

媽媽輕輕搖了搖頭說：

「不是你想的那麼簡單……。在『驗明口嘴』時被發現說了謊，就必須在大家面前露出尾巴警惕大家……。必須在大庭廣眾下露出真面目，變回狐狸的樣子。」

爸爸自言自語道：「我們沒辦法露出所謂的『真面目』，所以最終還是會被大家發現，我們不是狐狸……。」

「那該怎麼辦？」

小結不安地問。

「既然不能說謊，要怎麼隱瞞我們不是狐狸這件事呢？因爲如果有人問：『妳是狐狸嗎？』我不是就必須老實回答：『不，我是狐狸和人類的混血兒』嗎？」

「這件事真的很麻煩。」

夜叉丸舅舅一派輕鬆地說。

「這意味著你們今天必須隱瞞自己的真實身分，卻完全不能說任何謊。」

當這句話讓大家感覺到心情沉重時，爸爸冷靜以對，語氣堅定地開口：「我們只能設法解決這個問題。

別擔心，我們之前也齊心協力度過了很多危機。差一點被暴風生長的雲龍毀了房子，又被拉進五斗櫃抽屜裡陌生的神祕世界……。但每次都想盡辦法順利跨越難關、解決問題。這次一定也可以的。」

夜叉丸舅舅就是害信田家捲入這些危機的罪魁禍首，他輕輕乾咳了一下，移開了視線。

一直在思考的媽媽聽了爸爸的話後，用力點了點頭說：

「沒錯，現在完全沒有人會想到竟然有外人闖入祝宮，所以隱瞞我們的真實身分或許不是那麼困難的事，更何況誰會問『你是不是狐狸？』這種蠢問題。」

夜叉丸舅舅抱著雙臂，歪著腦袋說：

「雖然妳說的也沒錯，但還是會被問其他很棘手的問題。像是『你是哪一座山上的狐狸？』或是『你的尾巴狀況還好嗎？』……」

媽媽的雙眼頓時冒著怒火。

「哥哥，你說這種話，簡直就是希望我們被發現真實身分嘛！」

「不，怎麼可能？太不像話了！」

夜叉丸舅舅誇張地搖著頭時，大家的身後傳來一個開朗的聲音。

「呀呼！爸爸，原來你在這裡啊？找到夜叉丸哥哥了嗎？」

所有人轉頭朝這個開朗聲音的方向看去，一個年輕女生穿著鮮豔的振袖和服[3]，梳了一個華麗的髮型。但是，這個女生看到注視著自己的信田一家人，和鬼丸爺爺剛才的反應一樣，驚訝得張大嘴巴，讓人以為她的下巴快掉下來了。下一剎那，立刻發出刺耳的尖叫著。

「喂！怎麼會這樣?!這是怎麼回事?!

你們為什麼瞞著我聚集在這裡?!現在到底是怎樣！沒有被邀請參加婚禮的幸姊姊，和沒資格受到邀請的人怎麼會全都出現在這裡。」

鬼丸爺爺立刻責備她：

「小季，不要大喊大叫。」

小匠不悅地嘀咕說：

「對不起啊，我們沒資格。」

爸爸用幾乎聽不到的聲音痛苦地嘀咕：

「怎麼會這樣……？竟然全體到齊了。

……不，等一下，還有一個不吉利的預言家沒有出現……」

小結聽得一清二楚。

3 振袖和服，和服中較為華麗的款式。多半為未婚女性參加特殊活動或儀式時所穿著的服飾。其袖長較一般和服來得長，表演舞蹈時，可展現翩翩起舞的舞姿外。亦有一說可用長袖揮走厄運。

4 婚禮

「欸！誰要來好好跟我說明一下？這是在開玩笑嗎？狐狸族以外的人，怎麼可能混入婚禮？你們到底是來做什麼的？」

小季頂著像裱花奶油蛋糕的華麗髮型，她雙臂唰的甩動金光閃閃的和服袖子，然後雙手抱胸。

「有人用白羽符把他們召喚到祝宮。」

聽到鬼丸爺爺的回答，小季瞪大了眼睛說：

「不會吧！結果你們就全被召喚到這裡？到底是誰做這種事？」

「正因爲不知道，所以才在傷腦筋啊。」媽媽說。

「小季，妳有沒有什麼頭緒？」

「沒有沒有，完全沒有。」

小季好像在趕蒼蠅一樣在臉前搖了搖手，然後想了一下說：

「啊……但如果要問我誰可能做這種事的話，會不會是祝姨婆？她心腸很壞，而且惟恐天下不亂，整天都看著水晶球，滿心期待災難降臨。只要能夠造成別人的麻煩，她什麼事都幹得出來。」

「我也有同感……」夜叉丸舅舅說。

「不，這麼大費周章的事，不像是她做的。」爺爺說，「她的確很壞心眼，但腦筋更簡單，不可能特地事先去偷偷把白羽符貼在你們車子上，而且在你們上山之後，竟然沒有露臉，這實在不像她的作風。如果是她幹的，現在一定會出現在這裡，大聲嚷嚷著『有災難降臨祝宮！』之類的。」

小季愁眉苦臉地嘆了一口氣。

「既然這樣，我就想不到其他人了。雖然不知道是誰幹的，但是這麼做到底有什麼目的？因爲邀請人類來參加婚禮，根本就會毀了這場婚禮……」

小季這麼說，鬼丸爺爺立刻露出了靈光乍現的表情。

「怎麼了？」

媽媽立刻問爺爺。爺爺想了想，字斟句酌地開了口。

「嗯，雖然不知道和你們的白羽符有沒有關係，但是，在這場婚禮之前，曾經發生過一個小插曲。剛才聽到小季說的話，我才想起這件事……」

「喔，你是說那封匿名意見書……」

夜叉丸舅舅和小季都點著頭，似乎所有的狐狸都知道這件事。

「匿名意見書？有人針對阿久里結婚這件事，提出了意見書嗎？而且還是匿名的？」

媽媽問道，但是小結他們不知道狐狸世界的規定，完全搞不懂是怎麼回事。

爺爺察覺到一臉茫然的信田一家人，向他們說明了情況。

「和其他山的狐狸結婚這件事，雖然不像以前那種程度，但還是無法輕易獲得認同。當不同山上的狐狸提出結婚申請後，必須昭告每一座山，『如果對那兩隻狐狸結婚有異議的話，就向五山會提交意見書』。五山會是狐狸世界中像法院這樣的機構，如果有人提出反對結婚的意見書，五山會審議之後，認爲意見書上說的言之有理，那兩隻狐狸的婚禮就無望，結不了婚了。

但是這次情況有點不一樣。雖然有人提出了意見書，但是意見書上沒有具名，而且還不是交給五山會，是直接寄給新娘的母親彌生。

聽說那封信上寫著，『那兩隻狐狸一旦結婚，災難就會降臨。千萬不可以讓他們結婚。』」

簡直就像是祝姨婆的占卜……小結在內心嘀咕。

鬼丸爺爺又繼續說道。

「五山會的代表在討論之後，認爲那封意見書並不是正式的意見書，所以就不予採納。沒想到過了一陣子之後，彌生又收到了第二封意見書。這次也沒有具名，只寫了一句話『如果不趕快中止婚事，新娘就會遭遇災難』。

五山會針對第二封意見書進行了激烈的討論。有人認爲『姑且不論是不是正式的意見書，既然有人如此強烈反對，就不該讓他們結婚』，但是，在激烈爭論之後，認爲意見書沒有遵守正式的禮法，再次決定不採納。但是，如果知道有狐狸以外的人類混入了這場婚禮，這場婚禮一定會中止。」

「爲什麼？因爲這根本不是新娘或是新郎的問題啊。」

小結問，夜叉丸舅舅插嘴說：

「有這麼多不祥之兆的婚事是行不通的啊！原本就有兩封莫名其妙的匿名意見書，兩度想阻擾婚事，如果在婚禮時又發生騷動，造成神聖的儀式中斷，那兩隻狐狸絕對結不了婚。」

「太不講理了！新娘和新郎也未免太可憐了。」

小結憤慨地嘟起了嘴，媽媽也點著頭說：

「那個人不敢具名，想暗中破壞人家結婚，真是太卑鄙了。阿久里還是嬰兒的時候，她的爸爸就去世了。彌生獨自辛苦地養育阿久里長大，她心愛的獨生女終於要結婚了，到底是誰做這種傷天害理的事，簡直無法原諒！」

鬼丸爺爺看媽媽怒氣沖沖的樣子，正想說什麼，小季搶先開口。

「我說，與其操心別人的事，是不是該先擔心自己？你們傻乎乎地被召喚來這裡，現在到底有什麼打算？今晚十二點結界解除之前，你們都沒辦法出去喔。即使你們想找地方躲起來，每個小時都有人在祝宮的結界內巡邏，你們一定會被發現。如果偷偷摸摸的話，立刻會遭到懷疑，然後被抓起來打個半死。更何況小結他們是混血兒，還稍微說得過去，血統純正的人類爸爸，很快就會因爲氣味……」

小季說到這裡，用力吸著鼻子，然後了然於心地點了點頭。

「原來是這樣，我剛才就覺得奇怪，原來這股強烈的氣味，是爲了掩飾你們爸爸真實身分的障眼法，你們還真會動腦筋。」

「嗯……是啊……」

小結含糊地應了一聲，然後和其他家人互看。幸好小萌沒興趣再聽大家說話，專心地把小石頭排在最上面的石階上，沒有人向小季說明今天早上發生的事。

鬼丸爺爺開了口。

「小季說的沒錯，你們五個人一起在祝宮的某個地方躲一整天是不可能的，若無其事地混在客人中，反而更加安全。因爲除了我們以外，其他人都不認識你們……」

鬼丸爺爺說到這裡，嚇得皺起了眉頭。

「啊，等一下，差點忘了祝。她是個麻煩，如果那傢伙看到你們，不可能不告訴別人，鐵定會興奮地大喊：『災難來了！災難來了！』她一定會逢人就說，有外人闖進了祝宮。」

「唉唉……」

信田家所有人都嘀咕一聲，完全同意鬼丸爺爺說的。

「媽媽呢？」媽媽問，「祝阿姨當然很危險，但齋媽媽如果發現我們，也不可能當作沒看到。因為，媽媽可是五山會的大代表，相當於人類世界法庭上的法官，就算是自家人，也不會放過破壞山上規矩的人。」

小結、小匠和爸爸都互看了一眼，他們今天才知道齋奶奶原來是掌管狐狸族審判的五山會的大代表，原來奶奶在山上世界是很有權力的人。

「嗯，說的對，但幸好媽媽還沒有來祝宮，她說要處理一些工作，晚一點才會來。雖然必須提高警覺，但暫時還不用擔心她。」

小結、小匠和爸爸三個人又互看了一眼。小結的心情很複雜，既感到鬆了一口氣，又有點失望。

媽媽的媽媽齋奶奶對於女兒和人類結婚的事感到怒不可遏，絕對不會想見到小結他們三個孫子和孫女，也不想見到女婿，所以小結他們都不知道齋奶奶是怎樣的人……不對，是不知道她是怎樣的狐狸。既想要見到她，又很怕見到她，這種心情在小結內心天人交戰。

「呃，所以……」

爸爸很委婉地表達了意見。

「所以我們接下來絕對不能說謊，同時必須隱瞞自己的真實身分，還要不被祝姨婆發現。……除此以外，如果齋媽媽來到這裡，我們也不能被她發現，然後混在狐狸內，一定要在這個結界內撐到今天深夜，對嗎？」

鬼丸爺爺用力點了點頭。

「就是這麼一回事。」

「這已經不是重大危機，根本是超級大危機了……或者說是無敵大危機。」小匠自顧自地說。其他人都一臉嚴肅，陷入了沉默。

媽媽刻意用開朗的語氣說：

「但是，狐狸們難得來參加婚禮這種熱鬧的場合，大家都很興奮，吃吃喝喝，開開心心，才不會注意到這些小事。只要我們小心謹慎，不要引起別人注意，一定可以度過難關。只要能夠通過今天晚上八點的『驗明口嘴』，其他就沒問題了。只要喝酒唱歌的宴會開始，狐狸就根本不會注意別人。然後等到深夜，新娘送親隊伍從祝宮出發，結界解除，我們就可以回到原來的世界了。」

雖然媽媽說得很開朗，但眼前仍然危機重重。

「既然最好不要引人注目，那我們五個人一起行動是不是有點不太妙？」爸爸問。

「光是五個人一起行動，就會引起別人注意。」

小匠擔心地看著爸爸和媽媽說：

「但是，如果要分頭行動，我也不知道該怎麼辦才好。」

小結也點了點頭。

「嗯，而且祝宮內不是有很多規定嗎？我們根本不知道這些規定，反而可能因爲破壞規定而引起注意……」

媽媽想了一下，又立刻開口說：

「是啊，不能讓你們單獨行動。

既然這樣，鬼丸爸爸、夜叉丸哥哥，還有小季和我，和爸爸、小結、小匠和小萌，分別一對一配成對。

兩人一組，就不太會引人注目，而且只要和狐狸族的人在一起，也可以隨時瞭解祝宮的規定。」

「啊？但這樣不好吧？」小季嘟著嘴說：「如果齋媽媽知道妳破壞規定上山，我們還從旁幫妳，她一定會把我們罵死，再加上媽媽之前就反對邀請姊姊參加這場婚禮……。如果被她知道，她一定會氣炸，我才不想惹她生氣。」

「我也不想惹麻煩，不好意思，我沒辦法協助你們。」

夜叉丸舅舅裝模作樣地說，但大家都清楚知道他很怕齋奶奶。

媽媽看到她的哥哥和妹妹畏畏縮縮，沒出息的樣子，忍耐已經到了極限，幾乎可以聽到她理智線斷掉的聲音。

「哥哥！」

此刻媽媽簡直判若兩人，氣勢洶洶地低聲威嚇著，然後眼神凶狠地瞪著夜叉丸舅舅。

「你說你不想惹麻煩？你這個整天害我們惹上麻煩的哥哥啊！竟然說你也不想惹麻煩？虧你好意思說這種話！」

媽媽惡狠狠的視線移向一旁的小季，瞪著她說：

「小季，如果我被帶回山上，妳就無法說走就走，整天去人類的世界玩樂了，妳知道吧？而且，妳每次去我家玩，都會偷用我的香水，難道妳以為我都不知道嗎？妳給我聽好了，如果我無法繼續住在人類的世界，不要說再也沒有香水可以用，妳每次說一聲『借我看』，就帶回家不還我的時尚雜誌也都不會有了。

夜叉丸哥哥也是，你以後也別想再去小匠的房間看漫畫了，爸爸當然也無緣再去看電視上的歷史劇了。

即使這樣，你們還認為和你們沒關係？還想說不願意幫我嗎？」

大家都被媽媽的氣勢嚇得悶不吭聲。最後，是鬼丸爺爺輕咳了一聲，才打破了沉默。

「小幸，好啦。妳不要這麼生氣，妳這脾氣和妳媽一模一樣。我們也不想眼看你們陷入危機還見死不救，只是考慮到妳媽媽是五山會

的重要代表，我們的立場也很複雜。雖然很複雜，但仔細想一下，你們也不是想來這裡才來的，是不知道哪個傢伙用計搗亂，把你們召喚來這裡。……既然這樣，就算我們幫助你們，妳媽媽應該也能理解。

而且，我還是……」

鬼丸爺爺說到這裡停頓了一下，一臉嚴肅地看著半空中。

「我真的無法不看那個鏗鏗鏘鏘。」

「啊？是爲了這個？這是重點？是爲了電視上的鏗鏗鏘鏘？」

小匠一臉吃驚地抬頭看著爺爺。小季很乾脆地攤開雙手說：

「好啦、好啦，我知道了。既然爸爸都說話了，我和哥哥當然很樂意幫助你們。

但是，我話說在前頭，我可不要當目中無人的小鬼頭的保姆。」

小匠聽到小季這麼說，立刻嘟著嘴反駁說：

「我也不想和小季阿姨一組。」

「不要叫我阿姨！」

小季立刻糾正小匠時，蹲在地上的小萌跳了起來，想要吸引大家的注意。

「小萌呢？小萌要和誰一組？」

「小萌，妳還是和媽媽一起比較好，因爲和媽媽一起最安心。」

鬼丸爺爺聽了爸爸這句話，立刻反駁說：

「你的意思是，和我們在一起就不安心嗎？」

「啊……不是，我不是這個意思。我的意思是，小萌年紀還小，和媽媽在一起最安心。」

爸爸慌了神，語無倫次地回答。

「那就這麼做吧。」

媽媽說道，想要結束拖拖拉拉的家庭會議。

「小萌和我一組，小結和小季在一起，小匠跟著爺爺。」

「什麼！我要和夜叉丸舅舅一起！」

媽媽立刻拒絕了小匠提出的要求。

「當然不行，如果你和舅舅在一起，不知道會闖下什麼大禍。」

「……所以……」

爸爸難以啓齒地說：

「所以，我要麻煩夜叉丸哥哥照顧嗎？」

「沒想到偏偏和他配對……」夜叉丸舅舅嘀咕著，爸爸心中鐵定也是一樣的想法，只不過爸爸不像夜叉丸舅舅那麼沒禮貌，不會直接說出來。

媽媽瞥了一眼天空後對大家說：

「快正午了，『驗明智慧』的儀式就要開始了。這個時間賓客應該已經聚集在正殿了，所以我們要趁現在混進去。進去之後，每一組分頭行動，大家切記不要引人注意。

在『驗明靈魂』之前的『前神樂』要開始的時候，我們再來圍牆外集合。

爸爸、哥哥、小季，拜託你們照顧了。千萬不能說謊，也要小心祝阿姨。」

大家聽了媽媽的話，都紛紛點頭。小結和其他家人當然完全不知道什麼是「驗明智慧」，也不知道「驗明靈魂」又是什麼，更不知道圍牆內等著他們的到底是什麼，但是都相信既然有狐狸夥伴陪伴，一定能夠化險爲夷。沒問題的！也只能這樣告訴自己了。

「那我們走吧。」

媽媽說完這句話，小季似乎突然想起了什麼事，拍了一下手。

「啊，對了，哥哥，有人要我傳話給你。我完全忘了這件事。」

「啊？我嗎？傳話？誰要傳話給我？」

夜叉丸舅舅歪著頭納悶。

「喔喔，沒錯沒錯，我也是因爲這個原因在找你，想早一點告訴你比較好。」

鬼丸爺爺也點了點頭，小季對夜叉丸舅舅說：

「玉置山的岩丸叔叔正在找你，還氣鼓鼓地說：『如果被我找到，絕不會放過他。』

哥哥，你又闖了什麼禍？」

所有人的視線都集中在夜叉丸舅舅身上，舅舅張了張嘴，正要說些什麼，但最後什麼都沒說。他一定是想起在祝宮內不可以說謊，所以把原本想要胡謅的話吞了回去。

「慘了……，我現在根本無暇照顧別人……」

舅舅最後這麼嘀咕道。

爸爸偷偷沉重地嘆了一口氣。

正殿

小結他們從圍牆中間的門前，悄悄向裡面張望。等到賓客都已經進入了正殿，四下無人之後，他們先後錯開了時間，兩人一組走了進去。小結和小季是最後一組，當小結通過小門之後，映入她眼前的的簡直就是平安時代捲軸畫中的世界。

那棟像神社般聳立在中央的建築物前方是鋪了白砂的大庭院，庭院的角落有個葫蘆形的水池，水池中央有座小島。長長的走廊從建築物兩側延伸，像是向庭院伸出兩條手臂。走廊終點，有一座六角形屋

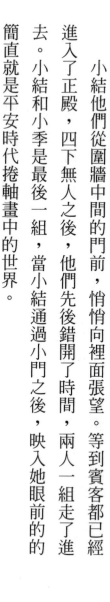

頂的小型釣魚亭，只有柱子沒有牆面的釣魚亭就建在水池的浮島上。

看起來像是大神社的建築物後方還有好幾棟房子，可以看到好幾層檜皮屋頂。

剩下小結和小季兩個人時，小季指著中央的大建築向她介紹。

「那是正殿，婚禮的各種活動都是在那個正殿舉行。

正殿後方還有三棟規模比較小的建築，面對正殿的右側那棟稱爲『東對』，新郎、新郎的家人，以及幫忙新郎的人的休息室都在那裡。面對正殿的左側，也就是這一側，是『西對』，是新娘和新娘相關的人休息的地方。閒雜人等不可以隨便進去東對和西對，所以妳絕對不可以打開那裡的拉門。

最後，東對和西對後方，最北側的建築稱爲『北對』。北對就是廚房，寬敞的土間[4]內，有好幾個大爐灶。這場婚禮期間所提供的菜

4 土間，日本傳統建築中常見作為廚房或農畜業作業空間的地方。被視為同為屋內與屋外的空間，地板多為泥地或三合土。

5 正殿

餚都是在北對製作的，北對可以自由出入，等不及菜餚端上桌的賓客都會去北對偷吃菜餚。」

小季說話的同時，走向眼前的走廊，走廊的盡頭是通往庭院的一小段階梯。

「從正門走去正殿會引人注意，所以我們經由西側的走廊，從正殿側門走進去。

從走廊走進正殿時，一定要右腳先跨進去，而且絕對不可以踩到門檻。走在走廊上時，要隨時走在左側，這是常識，千萬不可以走在走廊中央。因為中央是神明走的，不是我們可以走的。知道嗎？」

小季一口氣說完注意事項，身穿振袖和服的她突然轉身背對小結，踏上走廊。

「等……等……等一下！不用脫鞋子嗎？」

小結慌忙問道，已經走到走廊上的小季不耐煩地嘆了一口氣說：

「……唉，人類真是麻煩，整天都要穿穿脫脫的。」

小季這樣埋怨時，不知道什麼時候已經脫掉了腳上穿的草履，只剩下白色的足袋[5]。

「咦？妳什麼時候脫掉的？」

「我才沒有脫呢！」

小季向滿臉驚訝的小結說明：

「妳聽我說，妳現在看到的我，全都是靠想像形成的。我可以依照我腦海中想像的樣子變身。所謂變身……，就和畫畫一樣。想要什麼樣的髮型，臉是什麼樣貌，身材怎麼樣，要穿什麼樣的衣服……。眼睛要多大？鼻子要多高？手指要多細？耳朵是什麼形狀？痣要在哪一個位置？……這種細節都要在腦袋裡想清楚，然後從頭到腳都變身成自己想像的樣子。所以不需要的東西就從想像中刪除，需要的時候再加上去就搞定了。妳看，就像這樣！」

小季說完，稍微拉起和服的下襬，原本只穿了白色足袋的腳上立刻出現了草履，下一剎那，又突然消失了。

「太厲害了……」

小結瞪大眼睛，發自內心感到佩服，但又立刻想起一件事，微微歪著頭說：

「但是，鬼丸爺爺之前來我們家時，我記得他有脫鞋子耶，把鞋子脫在陽台上。」

「因爲爸爸是收藏家，他的興趣是收藏人類的衣服、鞋子和帽子，在變身成人類時，會特地把這些收藏品的真正衣物穿在身上。狐狸族中，有好幾個這種興趣獨特的人，人類世界不是也有嗎？那些喜歡角色扮演的人？」

5 足袋，分趾鞋襪。日本傳統服飾中常用於搭配草履或木屐所穿的一種襪子。

「嗯……」

小結搞懂之後，點了點頭，小季又繼續說：

「但是，我猜爸爸今天應該沒有穿真正的衣服，因爲今天一整天都要變身，是長期抗戰，怎麼可能穿那種不舒服的東西？」

「……可是……那我要把自己的鞋子放哪裡？」

小結不知所措地看著自己穿著球鞋的雙腳。

「不知道。」小季聳了聳肩，「如果妳放在這裡，會引起別人懷疑，對吧？所以妳還是放口袋裡吧！」

「什麼！放口袋裡?!」

小結忍不住抗議，但小季根本不以爲意。

「唉……，如果和媽媽在一起，就可以放在媽媽包裡……」

小結嘀嘀咕咕，脫下了球鞋，輕輕拍了拍鞋底，拍掉鞋底的泥土，然後分別用力塞進上衣的口袋。

「小季！妳走慢一點，等我啦！」

小結也走上走廊，急忙追上已經在走廊上大步走向前的小季。

媽媽說的沒錯，狐狸都已經聚集一堂，在正殿內有說有笑，走廊和庭院內都不見其他身影。

但是小結很擔心祝姨婆會突然從哪裡冒出來，提心吊膽著。她左顧右盼，東張西望，緊跟在小季身後。

「對了對了，差點忘了說另一件重要的事。『驗明智慧』一旦開始，在儀式舉行期間都禁止私下交談，所以嘴巴要閉緊。」

走在前面的小季回頭一瞥，看著小結說道。

「那個……『驗明智慧』是什麼？都做一些什麼事？」

小結問，小季猛然停下腳步，轉頭看著小結說：

「真是拿妳沒辦法。」

說完，她靠在走廊的欄杆上，露出好像在看珍奇動物般的眼神，再次注視著小結。

「妳還真的是什麼都不懂。妳身上明明有一半狐狸血液，難道沒有從妳媽媽那學到狐狸族的一般常識嗎？

好吧，因爲離『驗明智慧』開始，還稍微有一點時間，既然這樣，那在進入正殿之前，小季姊姊就特別爲妳上一堂婚禮的課。

畢竟妳可不能完全搞不清楚狀況就去參加儀式，否則不知道什麼時候會出紕漏。但是，作爲代價……」

小季突然露出狡猾的眼神。

「妳要在妳媽媽面前說我的好話，說小季很照顧妳，叫妳媽媽可以送香水給我作爲謝禮。因爲妳媽媽超小氣。」

偷用別人化妝品才有問題。小結很想這麼反駁，但還是拚命忍住，沒有把這句話說出口。小季得意地說了起來。

「據說在一千年之前，就開始在祝宮舉辦婚禮。婚禮是不同山上的狐狸爲了讓所有的狐狸、田神和山神認同他們的婚事而舉行的一場公開考試，新郎和新娘必須在大家的見證之下，通過好幾個考驗，完成結婚儀式。

以前考驗的項目多得嚇人，婚禮要舉行整整十天，所以那時候好像有很多情侶無法通過考驗，最後只能放棄結婚。

但是，爲期十天的婚禮對觀禮的賓客來說，也是一件辛苦的事。因爲所有山上的狐狸不就也都要擠在祝宮內慶祝十天嗎？準備工作超辛苦，費時又費力，所以之後就漸漸省略，現在縮短到一天。新郎和新娘今天一天之內，早、中、晚各接受一次考驗，總共接受三個考驗。啊，如果再加上最後的『驗明口嘴』，正確來說總共四個考驗。

第一個考驗……，現在已經結束了，是在早上六點舉行的『驗明手形』。

這個，嗯，可以說是確認新郎和新娘身分的儀式。當不同山上的狐狸訂婚時，首先要交換彼此的『手形』，也就是按了前腳印的證書，今天新郎和新娘要在舞台上再次按下自己的手形，證明和證書上的手形完全一致。」

小結忍不住發問：

「他們要在舞台上蓋前腳印，也就是說新娘和新郎是維持狐狸的樣貌現身？」

小季微笑著點了點頭說：

「對啊，但是他們會站在舞台中央的屏風後方，參加婚禮的賓客只能看到他們在舞台燈光照射下，出現在屏風上的身影。當新郎和新娘按完手形之後，拿著蓋了新手形的紙，從屏風後方出現時……。

啊呀，太不可思議了，那兩隻狐狸變成了身穿純白色的白無垢婚禮和服的新娘，和穿著印有家紋禮服的新郎。『驗明手形』的精彩場面，就是新郎和新娘迅速變身。這時，兩隻狐狸才終於華麗變身，出現在大家面前。

之後……就沒什麼重要了，新郎新娘和他們的狐狸父母只是回答一些簡單的問題，像是『你是在哪一座山上出生的？』、『什麼時候出生的？』還有『這孩子是某某山的某某某和某某某的孩子，正確無誤嗎？』……反正就是諸如此類的問題。

老實說，這些過程看了也

很乏味，所以幸好你們在『驗明手形』之後才來這裡，而且剛好可以趕上『驗明智慧』，真的很幸運。因爲從正午開始的『驗明智慧』是今天的重頭戲。

在『驗明智慧』儀式中，新郎新娘要回答很多問題，這些問題都是來自狐狸族祖先流傳下來的《天狐帖》。在回答問題之後，就要在賓客面前跳傳統舞蹈『地狐舞』。只有瞭解《天狐帖》的教義，學會跳地狐舞，才算是能夠獨當一面的狐狸。

雖然『天狐帖問答』的內容很死板，而且枯燥乏味，但地狐舞很漂亮，比你們人類世界的婚禮來得華麗多了。

第三個考驗，是傍晚六點開始舉行的『驗明靈魂』。這個儀式最單純，就是新郎和新娘分別對著狐狸族世世代代流傳的寶玉吹氣。當狐狸對著那塊寶玉吐氣時，就會發出藍白色的光，狐狸以外的動物對著寶玉吹氣時，就會發出紅色的光，但其實這項考驗根本多此一舉。

因爲既然是狐狸族的兩隻狐狸結婚，新郎和新娘當然也是狐狸，所以第三個考驗只是形式而已，有點像在向大家炫耀家族流傳下來的寶玉。啊……但是，你們當然絕對不可以靠近那塊寶玉，無論妳還是小匠，或是小萌，你們身上都混了人類血液，你們爸爸更是百分之百純正血統的人類！如果不小心吹氣到寶玉上，就糟了！別人會馬上發現你們的真實身分，一定要格外小心。

只要順利通過這三個考驗，新郎和新娘的婚事就幾乎獲得認可了。接下來只剩下妳媽媽剛才說的，所有賓客都必須接受的『驗明口嘴』，但是新郎和新娘今天一整天，不在舞台上的時候，都各自待在新郎和新娘休息室內，根本沒有機會說謊，所以不必擔心無法通過『驗明口嘴』的考驗，而且就算新郎和新娘以外的人沒有通過『驗明口嘴』的考驗，也不必擔心會影響他們結婚，只有沒通過考驗的狐狸會受到懲罰而已，當然也就無法參加新娘送親隊伍。

今天晚上十二點，滿月高掛在南方天空時，新娘送親隊伍就會從這裡出發，所有狐狸都會變回原來的樣子，新娘和新郎都坐在大轎子上，點起藍白色的狐火，在山上姍姍前進，一起把新娘送去即將和新郎一起生活的那座山。」

小季滔滔不絕地說明完畢後，用力嘆了一口氣。

「好了！我的課上完了，妳知道婚禮的大致流程了吧。既然瞭解了，就趕快進去正殿，因為『驗明智慧』快開始了。千萬要記住，走進正殿時，要先跨右腳，在儀式舉行期間，絕對不能說話。」

「沒問題……」

小結點了點頭，小季快步沿著走廊左側走向正殿，小結也跟在她的身後。

小季稱為西走廊的那條走廊經過正殿左側之後，繼續向後方的西對延伸。

快步沿著走廊往前走的小季來到面向西走廊的正殿入口，悄悄朝裡面張望後，轉頭看著小結，向她招手。

「OK，沒問題了，祝阿姨已經占好舞台最前排的位置，正一個勁地看著水晶球。我們從這裡進去，然後坐在後方的柱子旁。」

小結走向入口，聽到自己的心臟噗通噗通跳著的聲音。這裡是狐狸的世界，自己正準備走進正殿，參加狐狸族即將舉行的祕密儀式。小結從兩根圓柱子之間的入口向屋內張望，被偌大的空間嚇得倒吸了一口氣。

那根本不是房間，簡直就像巨大寺院的殿堂，地上的木板擦得發亮，面向前院的正殿前方，是可以清楚看到戶外的大型出入口。

抬頭一看，發現正殿的天花板也很高，正殿內有好幾根粗大的圓柱，接連聳立支撐著天花板和屋頂。正殿最後方高一階的舞台兩側，各有一根柱子，建築物正中央也有三根間距相仿的大圓柱。

舞台前方聚集了很多賓客，祝姨婆穿著黑袍坐在那裡。鬼丸爺爺和小匠、媽媽和小萌分別坐在三根柱子中的第一根和第二根後方，避免被祝姨婆看到。

小結和小季在最靠近西走廊入口的第三根柱子後方悄悄坐了下來，坐在第二根柱子後方的媽媽看到了她們，偷偷向她點頭打招呼。

「驗明智慧」的儀式一定在正殿後方的舞台上進行，但並不是所有的賓客都聚集在舞台前方。寬敞的正殿裡，有的人盤腿而坐，有的人躺在地上，也有的人圍成一圈，七嘴八舌地聊天。有在打瞌睡的老爺爺，也有正襟危坐的老奶奶，還有喝了酒，看起來有點醉意的叔叔。雖然看起來都是普通人，但其實這裡所有人都是狐狸變身的。

小結感到很不可思議，瞪大眼睛東張西望，兩個看起來像小學一、二年級的女孩趴答趴答地跑過她面前。她們在玩抓人遊戲嗎？兩個女孩不停地笑著，在柱子之間跑來跑去，玩得不亦樂乎。小結看著她們跑來跑去的樣子，突然納悶地歪著頭。

「咦？她們是雙胞胎嗎？」

那兩個孩子，無論是在前面跑的那個女孩，還是在後面追的女孩，都剪著妹妹頭，五官都一模一樣，而且連衣服也一樣。她們都穿了桔梗色的小袖和服，繫著暗紅色的腰帶。

「喔喔，那是小孩用的樣本。」

小結聽了小季的說明，反而更加不解了。

「樣本？」

「就是基本款，還不擅長用想像變身的小孩，都先用那種基本款練習變身，之後就會慢慢變身成自己原創的角色。差不多到妳這樣的年紀，幾乎都能夠變成自己的角色，但是像小匠或是小萌那個年紀的小孩，都只會變成相同的外形。

妳看，除了她們以外，不是還有其他長得一模一樣的小孩嗎？」

「啊……真的耶。」

小結聽了小季的說明後，再次環視一遍正殿，發現那裡有一個，這裡還有兩個長得一模一樣的女生。她們都穿著桔梗色小袖和服，無論髮型還是五官都一樣。

「男生的基本款呢？」

小結問了之後，小季聳了聳肩回答說：

「並沒有這種東西，樣本只有一種，所以無論是男孩還是女孩，在能夠變身成爲自己的角色之前，全都只能變成那種基本款。」

「那個小孩呢？」

小結悄悄指著斜前方獨自盤腿而坐，平頭的男生問小季。

「他是神倉山的稻生丸，很擅長變身成小孩。

通常我們都會變身成和自己年紀相仿的人類。對我們來說，變身後的樣子是一種時尚，所以會變身成符合自己年紀的樣子，就像妳是小學生，不可能穿大嬸的衣服。

八十歲的老太太也不可能穿高跟拖鞋和背心出門吧？我們也一樣，年輕狐狸會變身成年輕人，上了年紀的狐狸會變身成老爺爺和老奶奶。

但是，只有小孩是例外。成年狐狸變身成人類的小孩難度很高。因爲全身所有的部分都會變小、變細，身體不是也是小號嗎？就好像要把高大的身體塞進很小的衣服一樣，所以如果沒有高度的技術，成年狐狸根本不可能變身成小孩。如果妳遇到樣本以外的小孩，要特別小心，因爲十之八九都是資深的厲害狐狸。稻生丸也是活了好幾百年的狐瑞，如果妳以爲他是小孩而疏忽大意，就會大禍臨頭。」

「所以在其他狐狸眼中，會以爲小萌和小匠也是很厲害的狐狸變身的嗎？」

小結問，小季稍微想了一下後，點了點頭說：

「沒錯，可能會好奇，不知道是哪一座山上的厲害狐狸。」

「是喔。」小結在回答時，看向躲在柱子後方的小萌和小匠。坐在媽媽腿上的小萌，和在爺爺身旁打呵欠的小匠根本不像是很厲害的狐狸。

他們沒問題嗎？小結忍不住輕嘆了一口氣，小季突然「啊！」的叫了一聲，小結被嚇得心臟都快跳出來了。

「啊……怎麼辦？」

聽到小季小聲嘟噥，小結忍不住感到不安，不知道發生了什麼大事。她戰戰兢兢地順著小季的視線看了過去。

一個男人經過兩根柱子之間，小結、小季身旁的柱子，和媽媽她們那裡的柱子，大步走向舞台的方向。那個男人瘦瘦高高，看起來很年輕。一頭清爽的髮型，一雙大眼睛炯炯有神。

「那個人怎麼了？」

小結小聲地問小季。

「他也未免太有型了。」

小季滿臉陶醉地悄聲說道，然後突然站了起來。

「啊？有型？」

小結追問，小季心神不寧地一口氣向她說明：

「我剛才不是說了嗎？狐狸變身的樣子，就像是人類的衣著打扮，因爲都是靠自己的創造力想像，品味差的傢伙，變身後的樣子也很醜。那個人的品味太好了……。因爲他變身後的樣子簡直太完美了……。他的腿這麼長，髮型也很清爽，而且眼睛超有神！」

小季注視著那個男人的背影，突然嘆了一口氣。

「我去看一下。」

「什麼？妳去看一下？妳要去哪裡？」

但是小季已經根本聽不到小結說的話，她就像被磁鐵的S極吸引的N極，就像被吸塵器吸進去的灰塵，從柱子後方衝了出去，去追那個走向舞台的男人。

「等、等一下！」

小結也忍不住從柱子後方站了起來，壓低了聲音叫小季，又擔心被周圍的人聽到。

「喂！小季！妳不要把我一個人留在這裡！喂！妳趕快回來！」

但是，小季根本沒有回頭看小結一眼，她獨自快步接近目標，簡直把小結完全拋在了腦後。

「……怎麼辦……？」

即使想要去追小季，也擔心被祝姨婆發現，所以小結不敢離開柱子後方。

咚……。有什麼東西掉落的聲音在她腳邊響起，但不知所措的小結完全沒有察覺那是什麼聲音。

「欸！」

小結聽到有人叫她，嚇了一大跳，轉頭看向後方。

一個剪了妹妹頭，穿著桔梗色和服，繫了暗紅色腰帶的女孩站在她身後，正在打量著她。

「妳的東西掉了，從妳的口袋裡掉了出來……」

「啊？」

小結驚訝地低頭看自己的腳下，然後才發現是什麼東西掉落的聲音，她嚇得心臟快停止跳動了。

她塞在上衣口袋裡的其中一個球鞋，竟然掉落在地上。

「妳爲什麼會有鞋子？」

女孩納悶地問小結。

怎麼辦！

小結在心裡大叫。

6 驗明智慧

就在這時，傳來咻噢的鳴笛聲，和咚咚的鼓聲，震撼了正殿內的空氣。

小結驚訝地看向正殿後方的舞台。剛才還空無一人的舞台上，坐了五個拿著不同樂器的男人。五個身穿武士禮裝和服的男人分別拿著笛子、小鼓、琵琶、琴和小型太鼓，排成一行，跪坐在舞台上，簡直就像是雛人偶 中五人樂隊的真人版。

剛才舞台前方的賓客人數稀稀落落，如今一下子聚集了很多人，

小結當然也看到了早就坐在那裡的祝姨婆身影。

前一刻熱鬧不已的正殿一下子充滿緊張氣氛，竊竊私語聲好像漣漪般向周圍散開。

「是『驗明智慧』。」

「『驗明智慧』快開始了。」

當這些竊竊私語聲安靜下來後，正殿內鴉雀無聲。剛才在追逐玩耍的小孩子、聊天的大人，和躺在地上的客人都端正姿勢，在地板上正襟危坐，看著舞台靜靜等待。

小結也慌忙撿起掉在地上的球鞋，在柱子後方悄悄坐了下來。她把撿起的球鞋偷偷塞進口袋時，向旁邊瞄了一眼，竟然發現剛才的女孩也跪坐在她旁邊。小結無可奈何，只好像那個女孩一樣跪坐之後，挺直了身體。

……**這可不太妙**。小結忍不住在心裡埋怨了一下。

在儀式期間，她應該不會開口，但是一旦可以說話，她一定會問我鞋子的事。我必須想一個合理的解釋……但又不能說謊，否則就會出事……

就在這時，正殿內再度響起了音樂聲。這一次，五種樂器同時發出了聲音，五種不同的旋律就像搓成了一根線，編織出美妙的旋律，悠揚典雅的優美和弦充滿幸福的感覺。在美妙的聲樂中的小結，暫時忘記了自己面臨的危機，如痴如醉地欣賞著五人樂隊演奏的音樂。

當音樂進入最高潮時，原本看著舞台的賓客同時轉頭看向後方。小結覺得祝姨婆好像看到了自己，她嚇一大跳，趕緊躲進柱子後方。她戰戰兢兢地看向後方，發現一支隊伍從庭院前的大門圓柱子之間走了進來，他們沿著正門屋簷下方的走廊，靜靜地經過正門，走進了正殿。新郎和新娘進場了。

三個身穿鮮豔水藍色武士禮裝和服的男子走在隊伍最前方，走在他們身後，穿著繡了家徽的黑色和服、白色裙褲的年輕人應該就是新郎。圓臉的新郎看起來很溫柔，新郎後方是一對穿著繡了家徽的黑色和服和留袖和服的中年男女，看起來像他的父母。隔了一小段距離，是新娘和她的親屬團。走在最前面的三個人穿了黃色武士禮裝，新娘一身純白的白無垢婚禮和服，頭上戴著白色角隱頭飾跟在後面，獨自走在隊伍最後方的，應該就是新娘的媽媽彌生。小結想起媽媽剛才說過，新娘的爸爸很早就死了。

隊伍經過了小結所在的柱子和媽媽她們身旁的柱子之間。小結看到坐在柱子後方的媽媽向彌生微微點頭打招呼，彌生也向媽媽點頭打招呼後，立刻心神不寧地在正殿內左顧右盼。她一定很在意那兩封神祕的信。因爲寄信的人現在可能坐在正殿內，目不轉睛地注視著新娘。

彌生經過小結身旁時，和注視著隊伍的小結視線交會。

……**咦**？

小結發現彌生看到自己時似乎倒吸了一口氣，忍不住渾身緊張起來。彌生看到自己時，是不是發現了自己的真面目？彌生是不是因爲發現自己不是狐狸，所以倒吸了一口氣？

……**不可能**。**不可能被人發現**。

小結目送著緩緩走向舞台的隊伍，這麼告訴自己。

不一會兒，新郎和新娘一行人經過舞台前的賓客身旁，沿著正前方的幾級階梯，走上了舞台。

坐在舞台正前方的祝姨婆穿著一身不吉利的黑袍，甩了甩好像烏鴉翅膀般的袖子，用力向前方探出身體。

狐狸族的祕密儀式「驗明智慧」即將開始了。

新郎和新郎的親屬，新娘和新娘的親屬分成左右兩側，坐在五人樂隊的前方。

一名身穿水藍色武士禮裝和服的叔叔從新郎陣容中走了出來，另一名穿著黃色武士禮裝和服的叔叔也從新娘陣容中走出來，他們來到舞台中央盤腿並排坐了下來。接著，新郎來到水藍色武士禮裝和服的叔叔右側，新娘來到黃色武士禮裝和服的叔叔左側，也都靜靜地跪坐下來。

身穿水藍色武士禮裝和服的叔叔最先開口說了話。這個叔叔的黑色鬍子垂到胸前。

「稟報，稟報。」

黃色武士禮裝和服的叔叔聽到之後，立刻大聲回答：

「知悉，知悉。」

水藍色武士禮裝和服的叔叔繼續問：

「請問你們是哪座山上的狐狸？」

黃色武士禮裝和服回答：

「我們是大峰山的狐狸。」

「今日來祝宮有何貴幹？」

「今日造訪此地，是向本宮的神明請求，恩准本山的狐狸阿久里，和玉置山的狐狸村雨丸的婚禮，並保佑他們。」

「既然如此，根據山界的規定，首先由大峰山的阿久里回答狐狸的規則。」

「盡已知悉。」

問答暫停，水藍色武士禮裝和服的叔叔從懷裡拿出了一卷卷軸。他在賓客面前把卷軸高高舉到頭上，然後鬆開細繩，啪的一聲，把卷軸打開了。隨著卷軸的軸從那個叔叔的腿上滾到舞台上，原本捲起的紙也跟著攤開。小結忍不住想，原來那就是狐狸族的祖先流傳下來的《天狐帖》。

當卷軸完全攤開後，原本坐在黃色武士禮裝和服叔叔身旁的新娘以跪坐的姿勢向前挪移，雙手伏地，對著賓客深深鞠了一躬。

水藍色武士禮裝和服的叔叔攤開卷軸後，對著新娘發問：

「請問阿久里。

彰顯狐狸族本性的『尾巴』爲何？」

新娘抬起原本低著的頭，用毅然的聲音回答說：

「尾巴是飛天的天狐給狐狸族的賞賜，是感受五氣，感受五星的根源。」

舞台上所有的人聽到新娘的回答，都紛紛附和。

「所言甚是！所言甚是！」

水藍色武士禮裝和服的叔叔又接著問新娘：

「那『五氣』又爲何？」

「五氣爲『金木水火土』。」

「所言甚是！所言甚是！」

問答繼續進行。

「『五星』又爲何？」

「五星即是掌管春天的歲星，掌管夏天的熒惑星，掌握中央的鎮星，掌握秋天的太白星，和掌握冬天的辰星這五星。」

天狐帖問答難度很高，小結聽不懂問題，也不瞭解回答的內容。新娘真辛苦……小結暗想道，難道必須把這麼長的卷軸上所有的內容

全都背下來嗎？

如果是我，可能背不下來……。我覺得小季也沒辦法……

新娘順利答完十題後，新郎也按相同的步驟，進行天狐帖問答。

這次由黃色武士禮裝和服叔叔出題，新郎答題，總共也有十題。

小結跪坐在木地板上的雙腿漸漸開始發麻，簡直快撐不下去了。

哇，這下慘了！我的兩條腿快斷了……

她很想把腳伸直，放鬆雙腿，但其他賓客都坐得直直的，一動也不動，所以小結也不敢隨便亂動，而且坐在小結身旁的那個女孩一臉輕鬆地跪坐著。

不知道小匠和小萌怎麼撐過眼前的危機。小結探頭張望，發現小萌機靈地坐在跪坐的媽媽腿上，小匠盤腿坐在地板上。

原來只有我遇到了危機？

小結覺得自己太沒出息了。

這時，漫長的天狐帖問答終於快結束了。穿著水藍色和黃色武士禮裝和服的叔叔異口同聲地吟唱著相同的台詞。

「盡已知悉。

我等監督人已經確認，大峰山的阿久里和玉置山的村雨丸充分掌握了山界之道，天狐的教義。」

話音剛落，正殿內的賓客紛紛開始移動，坐在後方的賓客也站了起來，同時走向離舞台更近的前方。大家都興致勃勃，不想錯過即將開始的重頭戲。

小結身旁的女孩也站了起來，正準備走向前，突然轉頭看著小結，似乎打算邀她一起去前面。

不行！我站不起來！

小結緊閉雙唇，手心向上，做出「請」的動作，示意女孩先走。

女孩納悶地歪著頭，然後向舞台的方向走去。

太幸運了！

小結伸出了已經失去知覺的雙腳，然後側坐片刻，等麻木的雙腳慢慢恢復知覺。

因爲那個女孩走開了，所以不必再擔心她會問鞋子的事，小結也不必再絞盡腦汁思考答案了。真是太幸運了。

等儀式結束，我就要趕快衝出去，避免再遇到她。……對了，小季到底去了哪裡？

小結從柱子後方探出頭，看著漸漸聚集在舞台前方的賓客，從中尋找小季的身影。

啊啊，啊。

小結在心裡重重地嘆了一口氣。

她和那個髮型清爽的男人坐在第一排，一起坐在祝姨婆旁邊。糟透了，她一定把我在這裡的事忘得一乾二淨了……

小季挽著那個男人的手，眉開眼笑，好像和那個男人是相識多年的好朋友。

唉。小結發出嘆氣聲時，舞台上響起了鼓聲。

咚、咚、咚、咚、咚、咚、咚、咚！

音樂也隨著鼓聲響起，那是比剛才節奏更快，更充滿朝氣的旋律。清澈的笛子聲穿透了琵琶和琴聲，還有打出節拍的太鼓聲，吹奏出歡快的旋律。

就在這時，鼓聲更加響亮，看著舞台的小結忍不住倒吸了一口氣，「啊！」了一聲。

舞台上新郎和新娘的身體隨著鼓聲縱身躍向空中，跳躍的姿勢優美，而且跳起的高度令人難以置信。在賓客的注視下，跳得很高的新郎和新娘又飄然落下，同時降落在舞台上。

登。新郎和新娘的雙腳同時落在舞台上時，發出了輕快的聲音，他們身上的衣服也同時改變顏色。不，不光是顏色而已，在著地的瞬間，他們換上了和前一刻不同的服裝。

新郎和新娘就像是雛人偶中的天皇和皇后。

新郎頭戴黑冠，身穿鮮豔朱袍，下半身是白色裙褲。新娘拿下了角隱頭飾，一頭黑色長髮飄逸，穿著有紅色和黃色黃花龍芽草圖案的唐衣。

接著，身穿豔麗服裝的新郎和新娘翩翩起舞。

前一刻拘謹緊張的氣氛頓時變成了歡慶模式，賓客紛紛用手打著拍子。

雛人偶般的新郎和新娘隨著五人樂隊演奏的音樂和賓客的掌聲，在舞台上翩翩起舞，配合得天衣無縫。凡聽到鼓聲響起，他們就縱身一躍，當跳向半空的身體再次落在舞台上時，又換了不同的服裝。

當新郎換上鮮豔的鈷藍色服裝時，新娘也換上了紫色和藍色紫菀

花圖案的唐衣。

當新郎穿著英姿煥發的白色狩衣時，新娘換上了紫色裙褲搭配桔梗圖案的和服外袍。

新郎和新娘時而優雅，時而逗趣地舞動，在舞台上換了一套又一套服裝。

好厲害！簡直就是舞蹈時裝秀……。新郎和新娘到底要換幾套衣服？啊，應該說是變身幾次……

小結從柱子後方探出身體，興奮地欣賞著新郎和新娘的舞蹈，覺得眼前的一切簡直就像在做夢。

難怪賓客都要擠到舞台前方。地狐舞一定是婚禮中絕對不可錯過的重頭戲。

小結爲自己無法在舞台前近距離欣賞新郎和新娘的舞蹈感到可惜，媽媽和小萌，爺爺和小匠也都躲在柱子後方。

如果祝姨婆不在，不知道該有多好……

音樂的節奏越來越快，新郎和新娘的舞蹈速度加快。他們現在穿著金黃色的衣服，遠遠望去，就像有兩隻蝴蝶在舞台上飛舞、嬉戲。

就在這時，鼓聲響起。

咚！

當鼓聲震撼正殿內空氣的瞬間，音樂戛然而止，新郎和新娘的身體高高地躍向空中。

接著，他們輕輕飄落。

當他們降落在舞台上時，又變回了最初的家徽黑色和服與白無垢的裝扮。新郎和新娘跪坐在舞台正中央，對著賓客深深一鞠躬。這時，站在舞台兩側的水藍色和黃色武士禮裝和服的男人異口同聲地宣布：「『驗明智慧』儀式順利結束。」

原先向舞台探出身體，忘我地欣賞儀式的賓客開始散開，正殿內又恢復了嘈雜。

有的人相視而笑，有的人伸懶腰，有的人打呵欠，小孩子則又開始奔跑追逐。

舞台後方的一部分板壁橫向移動，出現了四方形的大口。那裡似乎是出入口。舞台上的樂隊和新郎、新娘等一行人快速從那裡離開了舞台。

小結看著他們看得出神。散開的人群中，一個黑袍的身影晃動，祝姨婆站了起來，突然轉頭看向後方。

小結嚇得心臟猛跳了一下，她好像剛才和祝姨婆對上了眼。

小結慌忙躲到柱子後方，然後趴在地上匍匐倒退，從剛才走進來的側門，溜到了西走廊。

走廊上還沒有從正殿走出來的人，但是，他們很快就會出來。如果祝姨婆剛才發現了小結，一定會出來找人。

小季原本是最後一線希望，但她完全沒有回到小結身邊的跡象。

「怎麼辦……？我現在要去哪裡？」

小結著急地嘀咕著，東張西望，打量著周圍的環境。

「無論如何都必須先躲起來……，但是，要躲去哪裡呢？」

小結走投無路，最後只好跨過走廊的欄杆，跳到鋪著白砂的地面，暫時躲在走廊地板下方。

她才躲好，就聽到頭頂的走廊上有人經過的雜亂腳步聲。

「啊呀，『驗明智慧』儀式真是太精彩，太精彩了。」

「嗯，嗯，他們跳的地狐舞默契絕佳，簡直完美無缺。」

「新娘真的超美，簡直就像人偶。」

又有幾個人的腳步聲經過後，走廊發出了吱吱嘎嘎的聲音，小結感覺到有人從她頭頂上的欄杆探出身體向外張望。

小結豎起了順風耳。

是祝姨婆！

小結更用力縮起身體，退後到走廊下方深處。

祝姨婆左顧右盼嘀咕著。

「有哪裡不對勁，太奇怪了，我聞到了災難的味道，而且是超級、無敵大的災難，有什麼邪惡的東西混入了祝宮……」

小結很擔心祝姨婆會聽到自己噗通噗通的心跳聲。

她感受到祝姨婆在欄杆旁更用力地探出身體，她忍不住屏住呼吸，用力閉上眼睛。

「太奇怪了，我剛才好像瞥到了熟面孔……。那是誰啊？因爲她馬上就躲到柱子後方，所以我沒看清楚。……但是，我的確曾經在哪裡見過那個人……。

太奇怪了，真是太不對勁了，絕對有問題。」

噗通，噗通，噗通。小結心跳加速。

吱嘎、吱嘎、吱嘎。祝姨婆終於離開了走廊，在祝姨婆的腳步聲消失在走廊遠方之前，小結在走廊下方的黑暗中閉上眼睛，像石頭一樣一動也不敢動。

確認祝姨婆終於離開後，她鬆了一口氣，緩緩睜開了眼睛。

「妳在這裡幹什麼？」

小結突然發現有一個女孩站在眼前。那個女孩探頭向走廊下方張望，納悶地注視著她。

那是一個樣本女孩。就是剛才那個女孩嗎？還是其他人？

「妳的鞋子呢？為什麼妳只穿襪子？」

小結緩緩低頭看著自己的腳。剛才急急忙忙跳下走廊，躲在走廊下方，腳上仍然只穿了襪子，球鞋還塞在口袋裡。

「呃……」

小結慢慢張開了嘴。她發現自己口乾舌躁，一時說不出話。

小結沒有回答女孩的問題，反過來問她：

「妳就是剛才的女孩嗎？還是我們第一次見面？」

7 小結和小齋

「趕快把鞋子穿起來，妳剛才不是把鞋子放在口袋裡嗎？」

小結聽到那個女孩沒有回答自己的問題，而是說了這句話，她終於確信了一件事。

她就是剛才在正殿時，坐在自己旁邊的女孩。

怎麼辦？**怎麼辦**？**怎麼辦**？小結內心很著急，但還是聽從了女孩的建議，在走廊下方彎下身體，穿上了從口袋拿出來的球鞋。那個女孩突然伸出手，握住了小結的手。她的小手有點涼涼的。

小結嚇了一跳，繃緊了身體，女孩對她笑了笑說：

「走吧！」

「啊？走……要走去哪裡？」

「不能一直在這裡，等一下就是『巡邏』時間了。」

「喔？呃……」

女孩用力拉著小結的手，小結被她從走廊下方拉了出來，走進了明亮的陽光下。女孩仍然牽著小結的手，繼續往前走。

「妳、妳等、等一下，要、要去、哪裡？」

「一個好地方。」

女孩走在前面，轉頭瞥了小結一眼回答。小結最後回頭看了正殿側門，尋找小季的身影。因爲她暗中期待……小季或許正在找她。

但是，完全沒有看到小季的身影。

小結輕輕嘆了一口氣，心灰意冷地和女孩一起邁開步伐。

「我問妳，妳說的好地方是什麼地方？」

女孩走向正殿後方的方向。

「北對後方有一個可以藏身的好地方。」

「呃……北對就是廚房吧？」

小結有點不知所措，女孩拉著她，一直走向正殿後方。

「妳叫什麼名字？」

小結脫口問了這個問題之後，才發現「慘了！」因爲一旦自己問對方，對方也可能會向自己發問。如果聊著聊著，對方問「妳是哪一座山上的狐狸？」或是「妳從哪裡來？」自己就完蛋了。而且即使對方沒有問這些問題，小結還有很多其他不能說的祕密，像是「妳爲什麼穿真正的鞋子？」或是「妳剛才爲什麼躲在走廊下方？」……。但是自己竟然不小心問了對方的名字，小結越想越後悔，覺得自己的行爲根本就是「飛蛾撲火」。小結心慌意亂，驚慌失措，聽到女孩回答

說：

「就叫我小齋吧，妳叫什麼名字？」

「我叫小結。」

她的名字真奇怪……小結心想。不知道她是女生？還是男生？小季剛才說，即使是小男生，也會變身成女孩的樣本。不知道眼前這個女孩原本到底是男是女？既然她的名字最後沒有一個『丸』字，應該是女生？小結當然不可能問她：「妳是女生嗎？」所以只能默默繼續走路。小齋也沒有說話。沉默讓小結感到很不自在，尤其和第一次見面的人牽著手，卻完全沒有說話，讓她感到很痛苦。她捂著很想說話的嘴，經過被稱爲西對的後方那棟房子旁時，看到有兩個人影從房子的角落轉彎，迎面走了過來。

「爸……！」

小結差一點叫「爸爸」，慌忙把第二個「爸」字吞了下去。

爸爸看到小結突然出現，也嚇了一跳，但是小結驚訝的是和爸爸走在一起的另一個人。那個人竟然不是夜叉丸舅舅。

爸爸為什麼和這個不認識的叔叔……不對，是和不認識的狐狸一起行動？

爸爸也看了看小結，又看向小齋，似乎有什麼話要說。爸爸應該也大吃一驚。

爸爸一定很納悶，**為什麼不是和小季在一起**?!

小結和爸爸都愣在原地，相互打量著對方，和爸爸走在一起的那個叔叔開了口。

「你們認識？」

那個叔叔矮矮胖胖，看起來很和善。鼻子下方留了一撮鬍子，戴了一副圓眼鏡，看起來很像是搞笑漫畫中的滑稽主角。

爸爸和小結聽了滑稽叔叔的話，都慢慢點了點頭。

爸爸露出極度不自然的笑容，向小結舉起手打招呼。

「嗨，好久不見。」

「呃，你好。」

小結慌忙一鞠躬，配合爸爸演戲。這應該不算是說謊，因爲每個人對「好久」的感覺不一樣。

爸爸裝模作樣打完招呼後，輕輕咳了一聲，有點難以啓齒地對小鬍子叔叔說：

「呃……那個岩丸先生，我和她好久沒有見面了，因爲有很多話、想要、聊一下，可不可以讓我們兩個人、單獨聊一下？然後我們再……一起去找夜叉丸……先生。」

「喔，好啊。」小鬍子叔叔爽快地點了點頭。

「反正那個傢伙即使再怎麼費盡心思，也沒辦法離開這個結界，既然你和她有話要聊，那我就先去北對，看看有什麼好吃的東西。

喂，小鬼，妳也跟我一起來。」

小齋和小結牽著手，好奇地盯著爸爸的臉，聽到岩丸叔叔對她說話，吃了一驚，眨了眨眼睛後，輕輕點頭說：「好。」

當他們兩個人轉過西對的角落消失不見的瞬間，爸爸和小結幾乎同時說了相同的話。

「怎麼回事？」

「這是怎麼回事？」

小結沒有理會和爸爸異口同聲問的問題，一口氣接著說了下去。

「我想起來了！你剛才和那個叔叔說話時，我覺得好像在哪裡聽過『岩丸』這個名字。那個人……還是應該稱他那隻狐狸……他就是在找夜叉丸舅舅的那個人吧？就是說『如果被我找到，絕不會放過他』的那個人吧？

但是，正在找夜叉丸舅舅的岩丸叔叔，爲什麼會和你在一起？夜叉丸舅舅到底做了什麼？」

「他逃走了。」爸爸簡短回答了小結的問題。

「逃走了?!」小結驚叫起來，爸爸點了點頭說：

「他一看到岩丸先生，對我說了一句：『慘了！快逃！！』就馬上以驚人的速度轉身逃走了。

在『驗明智慧』儀式期間，夜叉丸舅舅說他不想去正殿，於是就去了北對的廚房，要怎麼說，反正他就在那裡吃吃喝喝……」

「他是不是又喝了酒？」

小結插嘴問，爸爸沒有回答這個問題，繼續說了下去。

「結果他吃得太開心了，沒有發現儀式結束了。這時候，有幾個賓客從正殿來到北對……，岩丸先生也在其中。」

「結果夜叉丸舅舅就逃走，那你呢？」

「我沒怎麼樣啊，因爲我沒有理由要逃走，岩丸先生問我：『你和那傢伙是什麼關係？』」

小結大吃一驚，問爸爸：

「啊？你該不會回答說，他是你的大舅子？」

「不……」爸爸一臉嚴肅地搖了搖頭，「我告訴岩丸先生：『我是受害者。』」

小結愣了一下，盯著爸爸看了片刻，立刻佩服地用力點頭說：

「爸爸，你太讚了，這句話絕對是實話，即使是神明，也沒辦法挑剔。」

「結果，岩丸先生就和我很聊得來。不久之前，夜叉丸舅舅邀他一起去人類的世界遊玩，結果當時被夜叉丸舅舅給害慘了，他真的太可憐了，我完全感同身受。」

爸爸說到這裡，突然想起什麼似地看著小結說：

「先不說這些，妳怎麼沒有和小季在一起？剛才那個女孩是誰？」

小結聳了聳肩說：

「我也不太清楚，她是名叫小齋的小狐狸，在儀式的時候認識的。小季找到一個帥哥，就丟下我，不知道去了哪裡，所以我只好和那個女孩在一起。」

「真是太……」

爸爸難得生氣地皺起眉頭。

「為什麼每個人都這麼不守信用？」

「不是每個人……是只有他們兩個人每次都不守信用。」

小結說這句話時，岩丸叔叔和小齋從北對那裡走了回來。

「嗨！信田丸！你們聊完了嗎？我們趕快去找那個渾蛋夜叉丸！」

小結驚訝地抬頭看著爸爸，小聲問爸爸：

「喂，爸爸，不可以說謊啊，你爲什麼謊稱自己叫信田丸？」

「我沒有說謊，他問我叫什麼名字，我回答說：『我叫信田。』結果他就叫我『信田丸』，這不能怪我啊。」

小結和爸爸又互看了一眼，然後同時吐了一口氣。

「總之……」

爸爸對小結說：「妳千萬要小心，只要感到有一絲不安，就趕快去向媽媽求救，媽媽一定會幫妳。」

「爸爸，你也要小心。」

小結也小聲叮嚀爸爸。

「因爲你最危險，現在這座山上，只有你一個人是百分之百純正血統的人類。」

岩丸叔叔回來後，爸爸又和他一起走去庭院。小齋又悄悄握住了小結的手。

「好奇怪的味道。」

和小結牽著手的小齋突然小聲說道，小結大吃一驚。

「啊？味道？」

小齋點了點頭說：

「對，我是說，妳那個朋友的味道，我從來沒有見過有那種奇怪味道的狐狸……」

「呃……嗯，是啊。」小結語無倫次地說：「妳這麼一說，我也覺得他的味道很奇怪。話說回來，那種味道也很獨特，似乎也不壞……」

小結有點搞不清楚自己說的話，到底有沒有幫到爸爸，偷偷瞄了小齋一眼。小齋什麼也沒說，牽著她的手，走向北對後方。

北對內很熱鬧。『驗明智慧』的儀式結束，進入了午餐時間。北對內的廚房對著後方敞開著，烹煮食物的熱氣從離得很遠的大門飄了出來。低矮的屋頂下方是寬敞的土間，其中一側角落有一整排在民間故事的插畫中看到的爐灶，從爐眼可以看到爐灶內的火在燃燒。爐灶上放了很大的鍋子和砂鍋。

「我剛才去拿了食物。」

小齋從鼓鼓的懷裡拿出了用大竹皮包著的食物，把其中一個遞給了小結。

「我們一起去祕密基地吃。」

「祕密基地……？」

小齋帶著小結來到後院角落一棵高大的櫸樹下。

前院就像是庭院式盆景，整理得井然有序，但小小的後院雜草叢生，還有很多樹木。那棵櫸樹就長在瓦頂泥圍牆旁假山頂端。

「這裡就是祕密基地嗎？」

小結站在被雜草淹沒的櫸樹樹根旁，抬頭看著茂密的枝葉。

「妳跟我來，我們從祕密入口進去。」

小結跟著小齋繞到櫸樹後方，發現樹幹中間有一條細細的裂縫。

「就從這裡進去。」

小齋說完，一下子就把身體擠進了裂縫。

「咦？小齋，妳去了哪裡？」

祕密入口的大小和高度剛好適合小齋的身型，但對小結來說，那個裂縫太小了，如果不彎下身體，根本擠不進去。

「妳趕快進來。」

小結探頭一看，發現小齋的雙眼在櫸樹樹幹的裂縫內露出慧黠的眼神看著自己。樹幹內部似乎是空洞。

小結也放鬆了心情，決定擠進那條裂縫。她用力吸了一口氣，數了一、二、三，彎下身體，先把腦袋伸進了裂縫。那個入口果然很小，小結擠到一半就被卡住，只好用力往裡面擠。總算把腦袋擠進去後，身體就很順利地滑了進去。當小結終於擠進樹洞時，樹洞裡就擠滿了。

「我們要在這裡吃午餐？」

小結問鼻子幾乎頂在一起的小齋，小齋抬起頭，用下巴指著上方回答說：「我們要去上面。」

抬頭一看，刺眼的陽光從上方灑了下來。小齋踩在樹洞內凸起的地方，爬向有陽光照進來的那個洞。小結也慌忙跟著小齋往上爬。那個洞位在差不多相當於小結身高兩倍的高度，沒想到輕輕鬆鬆就爬了上去。她踩在樹洞內凸起的樹瘤，向上攀爬了幾次，突然就從那個洞探出了腦袋。

小結在穿越樹葉的縫隙灑下來的陽光中輕輕「哇！」了一聲。樹木上方的洞剛好位在樹枝茂密的正中央，樹葉形成的圓頂遮住了天空，清澈的秋日陽光從這些搖曳的綠色馬賽克之間灑落。從地面生長的樹幹在這裡分了岔，就像兩條粗壯的手臂繼續伸向天空。小結探出腦袋的那個洞，剛好位在兩條手臂底部的位置。

這裡的確是絕佳的祕密基地。躲在樹梢中的兩個人可以躲在樹蔭下偷偷觀察腳下的世界，但樹下的人應該不會想到竟然有人躲在茂密的枝葉之間。唯一的缺點，就是這個祕密基地太高了，位在假山頂端的櫸樹比小結原本想像的更高，可以俯視北對的屋頂。小結從那個洞中探出頭，在適應這麼高的地方之前都提心吊膽，緊張不已，手心都冒了汗。

終於習慣這個高度後，小結用力抓著粗大的樹枝，打量著四周。

北對旁邊有一棵枝葉茂盛的樹，周圍用竹子圍籬圍了起來。小結看到那棵樹的周圍放了很多大罈子，**原來那棵樹就是計數桐**。她看到那棵樹的後方有一條走廊，經過東對旁，向前院延伸。有兩個和小齋相同裝扮的小女孩分別推著像是大型嬰兒車般的東西，走在那條走廊上。

「走廊上的那兩個女孩在幹嘛？她們推著很大的像是木頭嬰兒車還是推車的東西。」

「她們被叫去幫忙。」小齋說，「她們要把料理從北對廚房送去正殿和東對、西對，她們推的車子叫平板車，上方有頂蓋，專門用來搬運料理。小孩子沒事在那裡亂晃，就會馬上被叫去幫忙，所以我都會躲來祕密基地，不被別人發現。」

小齋一本正經地說，小結覺得她很有趣，忍不住噗哧笑出聲。

這時，兩個爺爺拿著很大的飯糰和串在竹籤上的烤魚從北對走了出來，來到後院的水井旁。

兩個爺爺在水井旁的陽光下坐了下來，各自吃著自己手上的食物開始聊天。

躲在樹梢下的小齋和小結相互使了一個眼色，閉上了嘴，以免被人發現。兩個爺爺說話的聲音很模糊，而且很小聲，小結她們在樹上幾乎聽不到他們在說什麼，於是悄悄豎起了順風耳，立刻清楚聽到了他們的聊天內容。

「你有看到吉野山的不知火丸嗎？」

「你說什麼？我的養子和不認識的狐狸在一起？我沒有養子，你是不是認錯人了。」

「喔，原來是這樣啊，原來不知火丸不在啊。他沒有來參加婚禮嗎？」

「你說沒有你不認識的狐狸嗎？今天參加婚禮的狐狸，你全都認識？你的人面真廣啊。」

「你說廣闊？正殿從以前就很大啊，無論什麼時候來，祝宮永遠都富麗堂皇。

啊！對了對了，你有沒有看到吉野山的不知火丸？」

這兩個爺爺耳朵似乎都不靈光，所以根本在雞同鴨講。小結覺得他們在原地打轉的對話很有趣，拚命忍著笑。

她突然發現有人看著自己，她回過神，發現身旁的小齋目不轉睛地注視著她的臉，好像看透了她的內心深處，她也看著小齋，內心慌亂不已。

小齋的雙眼微笑著，然後小聲對她說：

「原來妳也有順風耳。」

8 祕密基地

那兩個爺爺吃完之後，走進了北對，小結鼓起勇氣問小齋：

「妳剛才說，我也有順風耳，所以妳該不會也有順風耳？」

小齋沒有回答，只是笑了笑，指著東對的方向說：

「妳小聲一點，有人在巡邏了。」

小結也聽到了啪七、啪七的冰冷聲音慢慢靠近。之前也曾經在哪裡聽過這個聲音。不一會兒，身穿中袖外套的三人組從她們注視的東對那裡走來，來到了後院。雖然是三人組，但三個人只有身上穿的外

套相同，走在最前面的是一個年輕男人，第二個人是阿姨，最後面的是一個爺爺。走在最前面的年輕男人拍著掛在脖子上的拍子木[6]，發出了啪七、啪七的聲音。

三人組來到後院之後，在他們經過北對前面，然後轉過西對的轉角離開之前，小結和小齋都躲在樹枝中屏住呼吸。當巡邏的三人組離開，拍子木的聲音也遠離後，後院恢復了安靜。

「來，我們來吃飯。」小齋說。

她們在分岔的樹幹之間坐了下來，靠在粗大的樹枝上，雙腳垂在樹洞內，打開了從北對拿來的便當。

小結打開竹皮，裡面有兩個野菜飯糰和兩個蕈菇飯糰，還帶有一點餘溫。小齋的竹皮便當裡有兩尾沾了山椒味噌烤過的河魚，還有帶著香橙香氣的滷小芋頭仔，用鹽炒過的珠芽，以及蜜核桃。小齋的竹

6 拍子木，一種日本傳統樂器，通常用細繩連接起兩片硬木或竹製成的，演奏時互相拍打發出敲擊聲。

筒水壺裡還裝了冰涼的井水。

「好厲害！太豐盛了！」

小結看著這些竹皮便當的豐富菜餚，雙眼發亮。她說了聲：「我開動了！」拿起蕈菇飯糰咬了一大口。

「哇！真好吃！」

接著，她又咬了一口烤魚。

「嗯！有山椒味噌的味道！」

小結不顧嘴裡塞滿了食物說道，如果媽媽在旁邊，一定會罵她「吃相很難看」，但媽媽不在，只有小結和小齋在這個祕密基地。她們開始大快朵頤，埋頭吃得忘了說話。

涼爽的秋風吹過櫸樹樹枝，把圓頂形狀的樹葉吹得微微晃動，發出好像輕聲細語般的聲音，從樹葉縫隙灑落的光點在她們周圍跳舞。

秋日午後的寧靜陽光包圍了她們的祕密基地，和小狐狸變身的女孩一起在祕密基地吃便當很開心，小結忍不住想，如果不是受到白羽符的召喚來到這裡，不知道該有多好。

小結把甜點的蜜核桃放進嘴裡時，發現小齋第二個飯糰只吃了半個，就一動也不動地豎起了耳朵。

後院仍然沒有人影，周圍靜悄悄的。

小齋果然也有順風耳。小結心想。**她現在一定豎起了順風耳**。

……但是，她在聽什麼聲音？

小結感到很好奇，但是如果悄悄豎起順風耳，感覺好像在偷聽，覺得這樣不太好。

「妳在聽什麼？」

小結問，小齋把手指放在嘴唇上「噓！」了一聲，然後向她使了一個眼色，似乎要她自己聽看看。

於是，小結也豎起了順風耳。

風帶來了北對內熱鬧的聲音。小結屏氣凝神，把混在一起的嘈雜聲音慢慢拆開，就可以聽到不同人的對話。廚房內七嘴八舌，有不同的說話聲。

「再烤五、六尾香魚，玉置山的監督人說要吃烤香魚。」

「喂，這裡也要一升酒。」

「栗子糕還沒好嗎？不是蒸好了嗎？」

「你有向神倉山的如月奶奶打招呼了嗎？今年她家生了三隻玄孫。」

「喂喂，大峰山的風月丸在那裡，說好久沒見面了，找我們一起喝幾杯，你要不要一起去？」

傳入耳朵的聲音太多了，小結不知道該聽哪一個聲音。不知道小齋在聽什麼？小結有點不知所措，小齋小聲對她說：

「妳聽我說，如果想聽到重要的談話，就要排除大聲說話的聲音，要找很小聲的，只能隱約聽到的聲音，這樣就可以聽到祕密。」

小結恍然大悟，這次縮小了範圍。她無視那些大聲說話的聲音，將意識集中在隱藏在大聲音量裡，隱約傳來的竊竊私語聲。

這時，「傳聞」這兩個字突然跳進了她的耳朵。小結大吃一驚，一動也不動地聽著談話的內容。

「……的，你應該也知道這個傳聞吧？」

「喔，如果你是說阿久里父親的傳聞，我也聽說了。是不是有人說，他偷偷混入了婚禮？但是我記得一條丸不是很久以前就死了嗎？聽說他去人間玩耍，結果被狗吃掉了，還是被車子撞死了，反正就是送了命。」

「不是不是，他的確去了人間沒有回來，但一條丸現在仍然活得好好的。聽說他愛上了人間的女人，在人間成了家，和那個女人一起生活。」

「所以……，但是，一條丸不是已經有彌生這個太太，和阿久里這個女兒了嗎？」

「所以他無法回來了啊。他拋妻棄女，迷上了人間的女人，當然就會被狐狸族排斥，逐出山上，他現在沒辦法再回來山上了。」

「原來是這樣，所以他爲了看女兒出嫁，偷偷溜進祝宮嗎？」

「不不不，」說話者把聲音壓得更低了，所以小結只能用力閉上眼睛，更專心地捕捉說話的聲音，終於聽到原本幾乎快消失的聲音變成了竊竊私語聲。

「如果只是這樣也就罷了，聽說一條丸因爲太愛女兒，打算在女兒出嫁之前，把她帶去人間。據說就是一條丸寄了沒有留名字的信給彌生，反對這場婚禮，試圖阻止他們結婚。」

「怎麼會有這種事？真是太離譜了，他是父親，竟然打算搶走自己的女兒……」

「彌生一個人辛苦把女兒養大，她真是太可憐了，真希望這場婚禮能夠順利完成……」

「就是啊，就是啊，對了，你知道吉野山的葵的孫子出生了嗎？聽說是兩個活潑的雙胞胎兒子。」

小結聽到他們從傳聞聊到了家常，睜開了眼睛。

「但是……會有這種事嗎？」

她無法相信自己剛才聽到的事，於是問小齋。

「我無法相信新娘的爸爸會搶走自己的女孩，因爲如果那個叫一條丸的爸爸真的在人間和人類結了婚，不是也會生下孩子嗎？既然這樣，爲什麼隔了這麼多年，還會來搶一直不聞不問的女兒去人間？」

「妳真的什麼都不知道。」

小齋一臉無奈地看著小結說道。

「妳聽我說，自古以來，山上的狐狸如果和鄉里的人類結婚，生下的孩子都會遵循固定的法則。幾乎所有的孩子外形都會像爸爸的家族，然後從媽媽家族繼承特性。也就是說，如果爸爸是人類，媽媽是狐狸，生下的孩子外形就是人類，但能夠繼承狐狸的特性和能力。平安時代，名叫葛葉的狐狸和名叫安倍保名的男人結了婚，生下的孩子也有人類的外形和狐狸的能力，那個孩子就是安倍晴明，之後成爲赫赫有名的陰陽師。

相反的，如果爸爸是狐狸，媽媽是人類，生下的孩子就有狐狸的外形和人類的能力。所以，即使一條丸和人類的女人結了婚，恐怕也很難和那個女人生孩子，因爲只要孩子一出生，其他人就會知道一條丸的真實身分，最重要的是，生下來的孩子是狐狸的外形，根本沒辦法在人間生活。」

「是喔……，原來是這樣啊……」

小結第一次聽說這些事，瞪大了眼睛點著頭。她以前從來沒想過這些事，一直以爲雖然爸爸是人類，媽媽是狐狸，但她和小匠、小萌有人類的外形是理所當然的事。

「這樣啊，所以阿久里就是一條丸唯一的可愛女兒。」

小結輕聲嘀咕，喝了一口小齋遞給她的水壺裡的水。

吃完午餐後，小結和小齋仍然躲在櫸樹的枝葉中。小齋說的沒錯，在那裡可以看到來到後院的許多狐狸，而且小結和小齋都有順風耳，只要稍微豎起耳朵，就可以聽到其他狐狸的聊天內容，以及廚房裡的人聊的八卦傳聞，完全不會感到無聊。

小結在不知不覺中，發現自己和小齋單獨相處時，不再感到不自在。因爲小齋不太愛說話，所以她們並沒有一直聊天，但她們有一個很大的共同點。小結當然不認識其他有順風耳的朋友，她們兩個人都沒有說話，悄悄豎起耳朵聽別人說話，然後發出呵呵的笑聲很開心。如果被媽媽發現，一定會罵她「怎麼可以偷聽別人說話？太丟臉了」，但是在這個祕密基地，就不必擔心會挨罵。

許多狐狸都來到午後的後院，祝姨婆也來了，還有新娘的朋友、新郎的朋友，爸爸和岩丸叔叔也來後院找夜叉丸舅舅。

「他不可能不在這裡，喂，信田丸，我們分別行動，在祝宮內展開地毯式搜索。」

岩丸叔叔這麼說著，和爸爸一起消失在北對。

「我覺得……是不是該停止繼續找下去？可能不久之後，就會在哪裡撞見他……」小結聽到爸爸嘆著氣嘀咕。

祝姨婆還是那麼可怕。她準備經過後院時，突然在假山下停下腳步，抬頭看著櫸樹，小結嚇了一跳，差一點發出叫聲。

但是，祝姨婆的視線越過了櫸樹的樹枝，抬頭注視著天空中的某一點。

「喔喔喔！西方天空的太陽上方有雲朵，這是不吉利中的不吉利徵兆，災難很快就會現身，潛入祝宮的影子差不多要採取行動了。」

祝姨婆離開後不久，小季從西對的轉角處現身了，但令人驚訝的是，小季挽著手的對象並不是剛才那個髮型清爽的男人，她又結交了新的男朋友。小結聽到

那個男朋友對小季輕聲細語地說：

「小季，妳果然是這座山上最漂亮的美女，其他女人根本沒辦法和妳相比。」

小季用鼻子發出冷笑聲。

「東雲丸，你真是太會甜言蜜語了。我可是知道你曾經向阿久里求婚，結果被她狠狠拒絕了。

該不會是你寄了那些惡作劇的信給阿久里的媽媽吧？」

「啊？喂！妳不要亂說話，如果被阿久里拒絕的人有嫌疑的話，這座山上有太多嫌犯了。啊！對了，對了！妳哥哥也曾經被阿久里狠狠拒絕，如果妳要懷疑，就要先懷疑妳哥哥。」

「什麼！我哥哥？連夜叉丸哥哥也曾經追求阿久里嗎?!簡直難以相信！」

小季大驚小怪地叫著，不知道走去了哪裡。小結聽到小齋輕輕嘆了一口氣。

當太陽開始西沉後，原本慢慢流逝的時間突然朝向夕暮加速，小結完全沒有發現不知不覺中，暮色已經滲進了櫸樹的樹枝。

「啊，神樂快開始了。妳看，正殿點燈了。」

「啊？已經這麼晚了嗎？」

小結聽了小齋的話，看向樹梢外，發現北對屋頂後方已經被一片暮色籠罩，幾個外形和小齋一樣的樣本女孩在正殿後方的昏暗走廊上忙來忙去。

「妳可以看到那些孩子正在旋轉繩子嗎？她們用繩子前端去廚房的爐灶取火後，這樣旋轉繩子，就可以避免火熄滅，然後一個一個點亮正殿屋簷的吊燈籠，和走廊周圍的座燈。在『驗明靈魂』前後的神樂期間，每次都會用這種方式把祝宮內所有的燈都點亮，迎接神明。

平時在神樂以外的時間都不會點燈，周圍一片漆黑，但今天晚上，直到深夜的送親隊伍出發之前，祝宮內都會點燈。

這是因爲新娘阿久里的關係。阿久里天生眼睛不好，在漆黑的黑夜，幾乎什麼都看不到。」

「是喔，原來是這樣。」小結點頭說道，在內心大叫著：「太幸運了！」因爲如果所有的燈都熄滅，小結、小匠和小萌，還有爸爸就會在伸手不見五指的黑暗中不知所措，一定會遭到其他狐狸的懷疑。

「妳要去看神樂嗎？」

「神樂是什麼？」

小齋聽了小結的問題後向她說明：

「在『驗明靈魂』前後，會有兩次奉獻給神明的音樂和舞蹈表演，演奏樂器，唱歌、跳舞……，很熱鬧，也很歡樂。」

小結聽了小齋的說明，很想去看神樂，但她想起了和媽媽他們的約定，於是搖了搖頭。在表演神樂時，小結約好要和媽媽他們在瓦頂泥牆見面。約定的時間快到了。

「因爲我已經約了人。……對不起。」

「沒關係，既然妳已經約了人，那就趕快去吧。」

小齋很乾脆地說，然後看向遠方。

「小齋，妳會去看神樂嗎？」

「不知道。」

「『驗明靈魂』的時候，妳會去正殿，對嗎？」

「應該會。」

小齋的回答很冷淡，難道是因爲小結剛才拒絕了她的邀請嗎？小結看向她的側臉，她看著正殿的方向，沒有回頭看小結。小結輕輕嘆了一口氣，從洞口慢慢爬下樹洞。

「那我走囉。」

小結來到樹洞的洞底，抬頭對小齋說，小齋才終於低頭看著她

說：

「路上小心。」

好不容易結交了朋友，就這樣分開未免太寂寞了。小結最後又問了一次：

「……我等一下還可以再來這裡嗎？」

「我可能不會在這裡。」

小齋的回答讓小結內心洩了氣。

「這樣啊……，那就再見了。」

小結心情沮喪地彎下腰，把身體從樹幹的裂縫擠出去。和剛才進來時一樣，這次也擠了半天，才終於順利擠出去。她拍了拍衣服上的泥土，再次抬頭看向樹梢，想要向小齋說再見，頓時感到更加失望。因爲小齋已經不見了。

小結想起剛才卡在縫隙，用力向外擠的時候，聽到有什麼東西跳到假山上的聲音。

那一定就是小齋。

同樣有順風耳的朋友沒有向小結說再見，就從樹梢上跳了下來，不知道去了哪裡。

唉。小結再次重重地嘆了一口氣，然後走向北對。

正殿內已經開始表演神樂，傳來熱鬧的笛子聲和鼓聲，賓客應該也都去了正殿，北對的廚房內空空蕩蕩，不見人影。

小結經過土間的入口，在北對的轉角處轉彎後，把身體緊貼著牆壁，觀察著四周。因爲萬一撞見祝姨婆就大事不妙了。

紫色的薄暮籠罩了祝宮的建築物，橘色的夕陽照在圍牆旁的草叢上，周圍一片寂靜。附近似乎沒有狐狸，小結躡手躡腳地轉過北對的轉角處，一口氣跑向圍牆中間的門。

小結跑過那扇門時，聽到了正在欣賞神樂的賓客傳來的喧嘩聲。

9 驗明靈魂

媽媽和小萌、鬼丸爺爺和小匠已經等在門外約定的地點，但沒有看到爸爸。夜叉丸舅舅和小季也沒有來，但這並不讓人感到意外，因爲夜叉丸舅舅正忙著逃跑，小季忙著約會。

「小結姊姊！」

小萌跑了過來，小結緊緊抱住了她，然後問媽媽：

「爸爸呢？」

「爸爸說，他正在忙，沒辦法來約定的地點，要我向大家問好。

剛才在正殿前的走廊上遇到了爸爸，從爸爸那聽說妳的情況。」

媽媽說到一半，小匠就好奇地插嘴問：

「小季是不是交到了男朋友，然後就不知道去哪裡約會了？妳看到小季的男朋友了嗎？長什麼樣子？」

小結冷冷地瞪了弟弟一眼，只丟下一句話：

「無可奉告！」

媽媽繼續說了下去。

「岩丸先生似乎很喜歡爸爸，所以好像不希望爸爸離開。」

「我知道。」小結點了點頭，「我見到他們的時候，他叫爸爸『信田丸』。」

「媽媽遇見他們時，岩丸先生叫他『兄弟』，他們好像越來越熟絡了。」

「岩丸的話，就不必擔心了。」鬼丸爺爺說，「他是山上出了名的好人，而且是個樂天派，絕對不可能發現女婿的真實身分，最多會覺得這個狐狸身上的味道有點奇怪。」

不知道夜叉丸舅舅怎麼會惹毛了那個出了名的好人、樂天派的岩丸叔叔？小結心裡這麼想，但她沒有說出來。

「妳沒問題嗎？」媽媽問小結，「聽爸爸說，妳和小狐狸女孩在一起，她沒有發現妳的真實身分嗎？」

「嗯，我沒事。那個女孩不多話，並沒有問我很多問題，反而告訴我很多事。她……」

小結差一點告訴媽媽，「她和我一樣，都有順風耳」，但最後把話吞了下去。因爲不能把在北對後方的祕密基地偷聽的事告訴媽媽。

「……？她怎麼了？」

媽媽追問，小結急忙轉移話題，避免惹禍上身。

「她叫小齋。」

「咦？沒聽過這個名字，不知道是哪一座山上的狐狸……」

鬼丸爺爺歪著頭納悶，小匠在一旁說：

「真羡慕妳這麼無憂無慮，我剛才遇到了重大危機。」

雖然小匠說自己遇到了重大危機，但難掩滿臉喜色。

「因爲鬼丸爺爺的人脈很廣，走到哪裡，都有朋友向他打招呼，結果其中有一個人問我：『咦？這個變身成小孩的狐狸是哪座山上的狐狸？』」

「……結果你怎麼回答？」

小結忍不住問，小匠露出得意的表情繼續說了下去。

「我當時著急起來，心想『啊啊！這下子完蛋了！』這時，鬼丸爺爺大喝一聲：『你太失禮了！怎麼可以問這位高人這種問題！』然後就拉著我的手，轉身走開了。真希望妳也可以看到他一臉呆滯的表情……。簡直……呃……那句話要怎麼說？……我想起來了！就像被狐狸捏了一把，驚訝得說不出話的表情，明明他才是狐狸啊。」

小匠被自己的冷笑話逗笑了，呵呵笑了起來。

「小萌也遇到了味精。」

「不是味精，是危機，味精是調味品。」

小結糾正了一臉認真的小萌，但是小萌不以爲意，自顧自說了下去。

「是很大的味精喔，但是小萌遵守了和媽媽的約定，摀著嘴巴，沒有說話。」

其他人都搞不清楚狀況，面面相覷。

「發生了什麼事？」小結請媽媽說明。

「我們真的很幸運，主動和我們說話的是楓奶奶，她是出了名博學多聞的狐狸奶奶。

我們在正殿的走廊前撞見她，她突然就問小萌的事，我們根本沒辦法閃躲。聽到楓奶奶問：『咦？這個小孩是哪座山上的狐狸？』我當時聽了，真的嚇出一身冷汗。結果小萌就用雙手摀住了嘴巴。因爲我之前叮嚀小萌：『無論誰問妳什麼問題，妳都要摀住嘴巴，什麼都不能回答。』小萌遵守了和我的約定，結果楓奶奶想了一下，然後用力點了點頭，自以爲找到了答案，竟然說：『我知道了，原來妳是棣棠。』」

「爲什麼？爲什麼摀起嘴巴就是棣棠？」

小匠問，媽媽又繼續說了下去。

「我也完全搞不懂是怎麼回事，聽到楓奶奶接著嘀嘀咕咕地吟唱的一首和歌，我才終於恍然大悟。

『棣棠花色衣，欲問汝是誰，汝卻笑無答，疑是無口花』……這首和歌的意思是，問了身穿像棣棠花一樣金黃色衣服的人，到底是哪裡的誰，但對方就像別名是無口花的梔子花一樣，並沒有回答。楓奶奶看到小萌捂起嘴巴，以爲這是謎題。因爲楓奶奶見多識廣，所以立刻想到了『古今和歌集』中的這首歌，又自己找到了謎題的答案，覺得原來是玉置山的棣棠奶奶變身成爲眼前這個小孩。」

「玉置山的棣棠奶奶兩年前就死了。」

鬼丸爺爺很受不了地說，媽媽只是聳了聳肩。

「即使是這樣，反正小萌沒有說謊，因爲是楓奶奶自己以爲小萌就是棣棠奶奶。」

「幸好那個奶奶博學多聞。」

小結說，媽媽也點了點頭。

「是啊，齋媽媽都叫楓奶奶『梅波小姐』，因爲英國有一個著名的女性名偵探叫瑪波小姐，楓的英文又剛好是maple，所以就爲她取了這個名字。」

大家分別說明各自的狀況後，話題轉到在祝宮內流傳的傳聞上。就是關於那兩封離奇的意見書，和到底是誰寄了意見書。媽媽問鬼丸爺爺：

「爸爸，你也知道有人說，是阿久里的爸爸一條丸，寄了匿名意見書這件事嗎？」

媽媽果然也聽說了這個傳聞。

「雖然我知道那個傳聞，但不可能有這種事。因爲我聽說一條丸早就死了，妳不是也知道這件事嗎？他去人間之後就一去不回，彌生還曾經變身成人類，好幾次都去人間尋找他的下落，但是，最後得知他已經死了，就放棄再繼續找下去。聽說一條丸想要溜進某戶人家的院子時，那戶人家養的狗吠叫起來，他慌忙跑回馬路上，結果運氣不好，剛好有一輛卡車駛來，他就翹辮子了……事情就是這樣，這是妳媽聽彌生親口說的，絕對不會錯。

所以一條丸早就死了。」

媽媽聽了鬼丸爺爺的話之後開了口。

「但是，彌生並沒有說，她親眼目睹了意外的現場，只是聽了鄉里的人這麼說，說最近有一隻狐狸在這條路上被卡車撞死了……，並沒有人知道那隻狐狸究竟是不是一條丸，只是彌生這麼說而已……」

「媽媽，妳覺得一條丸還活著嗎？」

小結問媽媽。

「我只是說，沒辦法百分之百確定他已經死了。」

「如果那個爸爸還活著，就是他寄了不具名的信，然後召喚我們來這裡嗎？」

鬼丸爺爺聽了小匠的問題，抱著雙臂沉思起來。

「嗯，我不太相信一條丸會做這種事。因爲他真的很疼愛他的女兒阿久里。阿久里小時候體弱多病，彌生和一條丸很疼愛那個孩子，真的把她當成了寶貝。即使一條丸還活著，我也無法相信他會做任何破壞女兒幸福的行爲。」

「但是，既然他那麼疼愛女兒，爲什麼會去人間玩耍呢？一條丸不是經常去人間嗎？」

小結反駁道。

「是啊，這件事的確讓人費解，一條丸是個老實人，不知道爲什麼，自從阿久里出生之後，他突然開始經常出入人間，會不會真的除了山上的家人以外，也愛上了人間的女人？」

「他已經有太太和女兒了，還一個人跑去人間玩樂，簡直太渣了。」

小結生氣地說，媽媽輕輕嘆了一口氣。

「總之，有太多疑問了。不知道一條丸是不是還活著，如果他還活著，是不是他想破壞阿久里結婚……。

我和爸爸一樣，並不覺得一條丸會做這種事，因爲如果一條丸真心想要破壞阿久里結婚，根本不需要寫什麼不具名的意見書，完全可以正大光明地以父親的身分提出意見書，這樣就可以輕鬆達到目的。既然親生父親反對，阿久里他們就無法結婚了。

如果一條丸想把阿久里搶走，帶去人間，更不會寫那種信。因爲寫這種信，只會打草驚蛇，讓對方提高警覺，只要悶不吭氣，偷偷在婚禮之前把人搶走就好。

根本不需要寄那種惡作劇的信，然後把我們召喚來山上……完全沒必要大費周章做這種事。」

「既然這樣……」小匠問：「到底是誰做了這種事？到底是誰幹的？」

其他人都爲難地面面相覷。

「……不知道，這個問題還完全沒有頭緒。」

媽媽用這句話作爲總結，小結猛然抬起了頭。

「啊……神樂結束了。」

祝宮內陷入了寂靜。

「『驗明靈魂』開始了，我們差不多該進去了。」

天色不知道什麼時候完全暗了下來，媽媽在黑暗中輪流注視著小結、小匠和小萌的臉說：

「小結，妳和媽媽，還有小萌一起行動，小匠繼續和爺爺在一起。知道嗎？只要再撐一下下，只要不說話，就可以順利通過『驗明口嘴』的考驗。大家要繼續加油，絕對不能說謊，絕對不能被人發現真實身分。」

「好。」小結點了點頭。

「OK。」小匠也回答。

小萌也小聲回答。她原本想說「收到」，但是口齒不清，變成了「修到」。

目送鬼丸爺爺和小匠從那道門離開後，又等了一會兒，媽媽才帶著小結和小萌走進圍牆內。

夜色中的祝宮美得如夢似幻。

鋪了白砂的前院到處亮著燈籠，池水的漣漪反射了燈籠的燈光，閃耀著光芒。

掛在正殿屋簷下的燈籠燈火搖曳，圍繞建築物周圍的走廊角落，都點亮了座燈。周圍籠罩在一片柔和的火光中，但正殿深處很暗。賓客都集中在暗暗的正殿內，院子和走廊上都不見人影。

「好像已經開始了。」

媽媽說。小結豎起了順風耳。她清楚聽到了正殿深處傳來的聲音，卻聽不懂在說什麼。除了新郎和新娘以外，還有其他低沉的聲音唸唸有詞，滔滔不絕。

「有一個人在嘀嘀咕咕說話。」小結說。

「那是神官在吟唱祝詞。」媽媽回答，「正殿內一片寂靜，我們現在進去會引人注意，在『驗明靈魂』結束之前，我們先等在外面。」

「我們不去看新娘子嗎？」

小萌失望地抬頭看著媽媽問。

媽媽露出微笑，向小萌說明。

「即使去裡面看，妳一定會覺得很無聊。因爲舞台很暗，看不清楚，而且只有新郎和新娘在舞台上面對面，嘴裡唸唸有詞，接著輪流對著水晶球吹氣而已。」

「就這樣而已嗎？」

小萌驚訝地問。

「『驗明靈魂』是很樸素的儀式，妳會覺得很無聊。其實裡面的賓客也都覺得很無聊，只是因爲想看儀式開始之前和結束之後的神樂，所以只好忍耐。」

「這樣啊……，那……」

小結想到一個好主意。

「我們要不要去廚房找東西吃？我想吃蜜核桃……」

「我要、吃東西！我要、吃東西！」

小萌興奮不已，媽媽對著她說「噓！」要求她閉嘴後，點了點頭說：

「好啊，雖然偷吃不太好，但就這麼辦。和狐狸在一起時，隨時都提心吊膽，不知道他們什麼時候會識破你們的真實身分，根本沒辦法好好吃飯，趁現在去填飽肚子的確是好主意。」

於是，母女三人沿著圍牆慢慢走向北對。

十五夜的月亮爬上東方的天空，皎潔的月光在夜晚的黑暗中亮著。雖然燈籠的光照不到庭院的角落，但明亮的月光靜靜灑落下來。

經過西對旁，轉過北對的轉角時，小結忍不住看向後院深處的假山。剛才和小齋一起躲藏的櫸樹樹梢靜靜悄悄的，即使豎起耳朵，也完全聽不到任何動靜。

正當小結輕輕嘆氣，以免被媽媽發現時，北對內突然傳出了吵鬧的聲音，還有啪答啪答奔跑的腳步聲。

「被他發現了！可惡！他逃走了！兄弟，你從西對左側繞過去，我從右側！不要粗心大意！」

「是，我知道了！」

媽媽和小結，還有小萌忍不住互看著。

「是爸爸……」

小結小聲說道。

「一定是發現了哥哥！」

媽媽說完，急忙探頭向廚房內張望，接著又擔心地說：「爸爸在這麼黑的地方跑來跑去，不知道會不會有問題……。因爲正殿後方和前面不一樣，那裡很暗……」

就在這時，環繞在東對和西對周圍的後方走廊傳來爸爸的叫聲：「好痛啊！」似乎應證了媽媽說的話。

「我去看一下……，馬上就回來，妳和小萌等我一下。」

媽媽說完，立刻轉身跑出廚房土間，經過木地板空間後，跑向黑暗的走廊。

「爸爸沒事吧？」

小萌擔心地抬頭看著小結問。

「應該沒事。」

「夜叉丸舅舅也沒事嗎？」

小結聳了聳肩說：

「這就很難說了，應該不會沒事……。既然爸爸、媽媽和岩丸叔叔三個人在追他，一定會抓到他。」

小結說完，牽著小萌的手，悄悄走進了廚房。

廚房內雖然沒有點燈，但有些爐灶仍然燒著火，微微照亮土間地面。正中央的大桌子上，放著即將舉行的大宴會所準備的豐盛料理。

「哇！有好吃的東西！」

小萌興奮地用力深呼吸。

「我們等媽媽回來之後再吃。」

小結說完，心頭一驚，忍不住用力握緊了牽著小萌的手。

小萌納悶地抬頭看著小結問：

「幹嘛？……」

小結把一根手指放在嘴唇前，示意發問的小萌不要說話，努力讓心情平靜後，豎起了順風耳。

她剛才似乎聽到木地板房間後方的走廊隱約傳來了動靜。那個聲音……沒錯，聽起來像是拉開紙拉門的聲音。小結認爲有人打開了西對入口的紙拉門，那道門剛好面向北對和西對之間的走廊。

吱嘎……。小結豎起耳朵後，又聽到走廊的地板發出些微聲響。

有人向走廊踏出一步。

小結豎起耳朵後，可以清楚聽到那個人在黑暗深處的動靜。

那個人邁了一步，從西對走了出來，左右張望著。來到走廊上之後，反手輕輕關上了紙拉門，躡手躡腳走了起來。那個人慢慢地，慢

慢慢地走向這裡！

小結急忙拉著小萌的手，躲到放了料理的桌子底下屏住呼吸。

吱嘎。不遠處的地板發出了擠壓的聲音。那個人已經從走廊走進了木地板空間，即將來到土間。小結在桌子下方，悄悄探頭看向站在木地板空間的那個人。

「啊！」小結忍不住輕輕叫了一聲，小萌猛然站了起來。

「夜叉丸舅舅！」

小萌興奮地叫了一聲，嚇得魂不附體的夜叉丸舅舅幾乎同時發出了尖叫聲：「嗚啊啊！」

小結用力吐出了屏住的呼吸，從桌子下方走了出來，向差一點癱軟在地上的夜叉丸舅舅打招呼。

「舅舅，好久不見。爸爸和岩丸叔叔……還有媽媽都在找你。」

10 西對的新娘

夜叉丸舅舅簡直就像被鬼壓床般，整個人都愣在原地，然後眨了兩、三次眼睛，如同從夢中醒來般，終於開了口。

「……不要嚇我，我還以爲是誰呢，竟然是我的外甥女……」

看舅舅的樣子，就知道他在逃亡。他鬼鬼祟祟地看向身後的走廊，才終於鬆了一口氣。

「……真受不了，岩丸這傢伙也太糾纏不清了，而且妳們的爸爸竟然馬上倒戈，兩個人一起追我，真是把我給害慘了。」

夜叉丸舅舅嘀嘀咕咕抱怨著，從木地板來到了土間，然後打算從小結和小萌身旁走過去。

「我在趕時間，就先告辭了——」舅舅的話還沒說完，小結就一把抓住了舅舅的手臂。

「妳、妳幹嘛？喂，放開我！舅舅剛才不是說了嗎？我正在忙，現在沒時間陪妳們玩。」

但是，小結並沒有鬆開夜叉丸舅舅的手臂。

「舅舅，你不要整天逃跑，不如好好向岩丸叔叔道歉，否則岩丸叔叔就會一直追你，這樣一來，爸爸也必須一直陪著他一起追了。」

「怎麼回事？怎麼連妳們也和岩丸站在一起？大家都想抓住我嗎？喂，妳媽媽沒有教妳『親戚要團結』嗎？妳別忘了，我可是妳的舅舅。」

夜叉丸舅舅說話的同時，想甩開小結的手，但小結更用力抓著他的手臂。

這時，小結聽到匆忙的腳步聲從東側走廊向這裡走來。是媽媽的腳步聲。

「喂，小結，妳聽好了。」

被小結抓著手臂的夜叉丸舅舅壓低聲音說：

「妳告訴妳媽媽，現在不要浪費時間來追我。雖然我也搞不清楚是怎麼回事，但是祝宮內發生了非常離奇的事。我剛才在西對發現了難以置信的事，妳猜是什麼狀況？」

小結的思考被舅舅說的話吸引，愣了一下，夜叉丸舅舅趁機甩開了小結的手。小結來不及感到驚訝，舅舅已經轉過身，衝向通往後院的出口。

但是，夜叉丸舅舅在跑出戶外之前，再次轉頭對小結說：

「就在西對的新娘休息室。新娘休息室裡……」

「小結。」

媽媽就在不遠處叫著小結的名字，小結轉頭看了一眼聲音傳來的走廊方向，又把頭轉回來時，舅舅的身影已經從出口消失了。

「小結、小萌，妳們在嗎？」

媽媽小聲叫著，走上了木地板。

「讓妳們久等了。」

媽媽看著小結和小萌說道，小萌立刻向媽媽報告了重大消息。

「媽媽，夜叉丸舅舅剛才在這裡，現在已經逃去外面了。」

「啊？真的嗎？」

媽媽驚訝地看向後院。

「他到底躲去哪裡了？竟然又從爸爸他們眼皮底下逃走了。」

「舅舅剛才好像躲在西對。」小結說。

媽媽瞪大了眼睛說：

「啊喲，沒想到他躲去那裡……，竟然做出這種無禮的行爲……。除了新娘和新娘的親屬，禁止其他人進入。他一定是趁儀式進行，休息室內沒有人的時候，擅自闖了進去。」

媽媽說完這句話時，又有新的動靜傳入了小結的順風耳。

夜叉丸舅舅剛才逃走的出口外面，傳來嘀嘀咕咕的聲音，而且聲音越來越近，小結嚇得頭髮都快豎起來了。

「太白星告知，災難的影子果然籠罩了祝宮，我可以聽到天空中的星星嘈雜的聲音。」

那是祝姨婆的聲音，小結絕對不會聽錯。

「媽媽！」

小結壓低聲音告訴媽媽：「祝姨婆來了，她從後院走過來了！」

媽媽立刻採取了行動。她牽起小結和小萌的手，把她們拉到木地板空間，然後跑到走廊上。現在沒時間脫鞋子了，小結和小萌穿著鞋子，和媽媽一起從土間來到木地板空間，然後衝到走廊，趕緊把身體貼在牆壁上。

「鞋子……不用脫嗎？」

小萌小聲問道，媽媽和小結用手勢示意她不要說話，然後屏住呼吸，探頭看向土間。祝姨婆來廚房有什麼目的？她會不會走來這裡？

祝姨婆走去土間後，就沒有再移動，她似乎在四處張望。……小結和小萌剛才穿著鞋子跑過木地板空間，八成被她聽到了。

「太奇怪了……，我剛才好像聽到了動靜……」

祝姨婆終於嘟囔了這句話，然後開始行動。

「啊喲，那我來吃一個小芋頭。」

小結聽到了祝姨婆小聲打開鍋蓋的聲音，然後喜孜孜地把熱騰騰的小芋頭放進嘴裡。

「嗯，裡面還有點硬，我看看有沒有煮得軟一點的。」

祝姨婆似乎是來廚房偷吃東西。她一定覺得儀式太無聊，於是就溜了出來，在院子裡看星星占卜後，覺得肚子有點餓，所以就來廚房了，似乎並不會走到小結她們所在的地方。

祝姨婆專心偷吃時，媽媽悄悄爲小萌脫下了鞋子。小結也脫下球鞋，和剛才一樣，塞進了自己的口袋裡。

媽媽牽著小萌的手，向小結使了一個眼色，母女三人輕手輕腳地沿著走廊，走向西對的轉角處時。聽到有兩個人的腳步聲沿著西走廊走了過來，而且還傳來了說話的聲音。

「不可能！絕對不可能！那傢伙到底去了哪裡？原本以爲這次一定可以逮到他，沒想到又被他逃走了。

喂，兄弟，我們再悄悄去廚房確認一下，如果他不在廚房，就去院子裡找人。」

那是岩丸叔叔說話的聲音。

「不……，岩丸先生，是不是真的該放棄了？今天是婚禮的日子，不要再一直追下去了，我們可以去參加儀式，或是觀賞……」

接著傳來爸爸說話的聲音。

「信田丸，你不要氣餒，要有志氣！我們要繼續加油，一定要找到可恨的夜叉丸，給他一點顏色看看！」

岩丸叔叔說得很大聲，他似乎真的很生氣。

「夜叉丸？」

祝姨婆在廚房聽到了岩丸叔叔的聲音後嘀咕著。祝姨婆惟恐天下不亂，她從岩丸叔叔的話中，嗅到了糾紛的味道。小結不難想像祝姨婆雙眼發亮的樣子。

「我得去告訴他，夜叉丸剛才偷偷摸摸地跑去前院了。」

祝姨婆要來這裡！

「不妙……」

媽媽小聲說。

「真的很不妙，祝姨婆要來這裡了！爸爸和岩丸叔叔也正走來這裡。」小結也心急如焚地小聲對媽媽說。

「既然發生了緊急狀況，那就只能這麼做了。妳們躲去那裡！趕快！媽媽去把爸爸他們引開！」

「咦？啊？那裡？……但是……」

因爲媽媽推著小結和小萌，指向西對的後門。

「喂！岩丸！」

小結察覺到祝姨婆走到木地板的空間。現在沒時間猶豫了。

「小萌拜託妳了！」

媽媽跑向西走廊，小結立刻牽著小萌的手，跑到西對的後門，打開了紙拉門。

她們跑進黑暗中，關上了紙拉門。

「岩丸，你在哪裡？」

祝姨婆來到走廊上大聲叫著。

小結和小萌緊緊握著手，在西對的黑暗中一動也不動。小結用力深呼吸，讓緊張的心情慢慢平靜，豎起了順風耳，細聽外面的動靜。

媽媽對岩丸叔叔說話的聲音從西走廊遠處傳來。

「剛才有人看到夜叉丸哥哥從土間逃去後門了，他一定去了前院。你們最好從正殿前繞去院子，我也和你們一起去找他。」

「啊呀，還麻煩妳也一起幫忙，真不好意思。」好脾氣的岩丸叔叔對媽媽說。

祝姨婆來到走廊上慢慢走著，四處張望著，地板發出了吱嘎、吱嘎的聲音。

「呿，好心想告訴他，不知道他是不是跑去前院了。」

話說回來，岩丸爲什麼追著夜叉丸跑？而且剛才岩丸對那個叫信田丸的人說話，信田丸是誰？我要去探聽一下……」

小結站在紙拉門內，聽著祝姨婆在紙拉門外的走廊上嘀咕，忍不住在黑暗中瞪大了眼睛。

因為她聽到西對內的某個地方有動靜。

——我剛才在西對發現了難以置信的事。

小結腦海中突然想起夜叉丸舅舅剛才說的話，原本還以為他是隨便亂說，試圖聲東擊西，分散小結的注意力趁機逃走。

但是，此時此刻，西對內照理說不應該有人，但是除了小結和小萌以外，她的確聽到了其他動靜。

噗通、噗通、噗通。好不容易平靜的心跳再度劇烈跳動。

吱嘎、吱嘎。祝姨婆沿著西對和東對之間的走廊，走向正殿的方向。

當腳步聲完全離去後，小結緩緩轉頭看向身後的黑暗。

黑暗中，有一道很細的光線，看起來就像是一根拉直的線。那是從右側深處的紙拉門縫隙透過來的光。那道紙拉門後方是一個房間，小結猜想那個房間應該就是夜叉丸舅舅剛才說的新娘休息室。

新娘在黑暗中無法看到任何東西，所以休息室內亮著燈。儀式結束之後，新娘就回來這裡休息。

小結聽到的動靜穿越黑暗，從那個照理說沒有人的房間悄悄傳來。

有人、在那個、房間——

小結轉頭看向房間，一動也不動。小萌用力拉著她的手，但小結的視線仍然無法從新娘休息室離開。

她知道現在應該悄悄離開西對，但是……。

夜叉丸舅舅說的話在她腦海裡打轉。夜叉丸舅舅到底在那道紙拉門後方發現了什麼難以置信的事？到底要去察看？還是就這樣離開

——？

最後，小結的好奇心戰勝了恐懼。

「妳在這裡等我一下。」

小結悄聲對小萌說完，想要放開她的手，但小萌搖著頭，用力抓緊了小結的手。

小萌可能不敢一個人站在漆黑的房間門口。小結輕輕嘆了一口氣說：「……好吧，那我們一起去。」

「去哪裡？」

小萌在黑暗中露出納悶的表情看著小結。

「這裡。」

小結說完，悄悄走向新娘休息室的紙拉門。

從紙拉門縫隙透過來的微光，照亮小結腳邊的黑暗。離那道光越來越近時，可以強烈感受到房間內的動靜。

的確有人在那裡。照理說，現在應該空無一人的休息室內，傳來了規律的呼吸聲。呼吸的節奏緩慢、放鬆，好像是睡著時發出的聲音……。

小結站在紙拉門前，觀察著房間內的動靜，然後深呼吸一口氣，把一隻手的手指放在紙拉門的門緣上。

她稍微推開了紙拉門，然後悄悄向房間內張望。下一剎那——。

「啊……！」

她忍不住發出了原本憋著的聲音。

「爲什麼？怎麼回事？爲什麼會這樣？」

小結小聲嘀咕後，一口氣打開了紙拉門。

房間內的座燈發出的柔和光線，趕走了黑暗。

小萌在小結身後，戰戰兢兢地向房間內張望，大吃一驚，小聲地說：

「哇……！新娘子……。新娘子、在睡覺覺……」

沒錯。身穿白無垢婚禮和服的新娘，面對著小結的方向，縮著身體，躺在西對新娘休息室的榻榻米上，睡得很香甜。

「但是，不可能，有這種事啊……。因爲，新娘現在……正在參加『驗明靈魂』的儀式，應該在正殿的舞台上……」

但是，新娘正在小結眼前呼呼大睡。即使小結打開了紙拉門，小結和小萌向房間內張望，新娘都沒有醒來，顯然睡得很熟。

小結搞不清楚眼前的狀況，茫然地注視著房間內的新娘。

如果眼前的新娘是新娘本尊，正殿舞台上的新娘是誰？……相反的，如果舞台上的新娘是本尊，那眼前的新娘又是誰？

小結太驚訝，太不知所措了，甚至忘記豎起順風耳。

所以，當西對入口的紙拉門在她們身後突然無聲地打開時，她差一點跳起來。小結和小萌剛才是從北對那一側的後門走進來，那個入

10 西對的新娘

口是位在相反方向、靠近正殿那一側的前門。

戶外吹來的風吹動了房間內的黑暗，小結轉頭看向風吹來的方向，結果發現紙拉門打開了，有人站在門口。

座燈的火照亮了正殿後方的走廊，明亮的燈光也映照在站在門口的那個人身上。

小結看到那個人影，全身的血液都凍結了。

「啊……啊……！」

無聲的尖叫聲卡在喉嚨深處，站在小結身旁的小萌驚訝地說：

「新娘子……。有兩個新娘子……」

身穿白無垢的新娘站在西對的前門，小結將視線移回新娘休息室。

新娘休息室內的確也有一個白無垢的新娘躺在那裡。站著的新娘和睡著的新娘。小結和小萌站在兩個新娘中間。

站在門口，一身白色和服的新娘突然轉過身，背對著西對，沿著走廊向右跑走了。

「……！」

小結注視著新娘消失的門口足足有十秒鐘，完全無法動彈，然後才終於跑到前門的紙拉門前，走廊上已經不見新娘的身影。小結走出新娘休息室，東張西望，發現正殿已經開始表演「後神樂」，熱鬧的笛聲和鼓聲撼動了夜晚的空氣。

「小結！」

媽媽從東走廊轉過正殿的轉角處走了過來。媽媽快步來到西對前，看了看敞開的正門和站在走廊上的小結，又看了看站在後方的小萌問：

「怎麼了？妳們怎麼沒有從後門離開？『驗明靈魂』剛才結束了，新娘不是已經回來了嗎？」

媽媽小聲說話的聲音中帶著不安。

「媽媽……。那個……就是……。

雖然回來了……雖然新娘回到了西對……，但是，那個新娘又跑走了……」

「啊？怎麼回事？跑走了？爲什麼？那個新娘？」

「有兩個新娘子啊。」

小萌插嘴說。

「什麼？有兩個新娘？」

媽媽不安地皺起眉頭。

小萌轉頭看向西對的前門後，向媽媽說明：

「我剛才看到新娘睡在……那裡面……睡在西對的新娘休息室。她不是應該去參加正殿的儀式，爲什麼會在這裡呢？……我很驚訝……結果前門的紙拉門打開了，另一個新娘站在走廊上……。睡在新娘休息室內的新娘，和站在門口的新娘……。真的有兩個新娘。

我愣在原地無法動彈……，結果站在走廊上的新娘就逃走了……。我想她應該去了西走廊那裡……」

就在這時，祝宮內響起一個可怕的尖叫聲，震撼了黑夜，撕裂了神樂的樂曲聲。

「來人啊！快來人啊！趕快來人啊！」

媽媽轉頭看向西走廊的方向。

「那是彌生的聲音！」

神樂的樂曲聲戛然而止，黑暗和寂靜籠罩了祝宮。

11 白羽箭

小結和小萌跟著媽媽一起走去西走廊，圍觀的人開始聚集。小結在人群中看到了黑袍的身影，大吃一驚，停下了腳步。祝姨婆這次似乎也搶先趕到了。

「如果是懸疑電視劇，她絕對是頭號嫌犯。」

小結嘀咕著。她們母女三人站在離人群有一小段距離的地方，悄悄觀察走廊上的狀況，以免被祝姨婆發現，但是聚集的人越來越多，人群擋住了視線，完全不瞭解前方的狀況。

「媽媽……我去前面看一下。」

小結終於忍不住鑽進了擁擠的人群，混在人群中努力不被人發現，慢慢向前移動。

有人癱坐在走廊的中央，聚集在周圍的人正在把那個人攙扶起來。小結聽到圍觀的人群中有人小聲說話。

「是彌生。」

「原來是彌生。」

「發生什麼事了？」

小結悄悄探頭觀察，以免被祝姨婆發現。在圍觀的人群中央，看到了彌生。被大家攙扶起來的那個人就是彌生。

圍觀的人數越來越多，西走廊已經擁擠得像沙丁魚罐頭。有些人發現無法擠進走廊，就從正門繞過西側的院子擠過來。小結在院子內向走廊張望的人群中，看到了岩丸叔叔的身影，爸爸就站在後面的樹叢下。小結也看到了小匠和鬼丸爺爺，夜叉丸舅舅也在瓦頂泥牆旁的齒葉冬青後方。

祝宮內所有的賓客似乎都聽到剛才的尖叫聲，紛紛聚集過來。

「彌生，妳怎麼了？剛才是妳發出尖叫聲嗎？」

「到底發生了什麼事？」

在彌生周圍的人七嘴八舌地問。

「啊……那個……。你們看、那個……」

彌生伸出手指，指向某個方向，周圍的人都同時轉頭看向走廊屋簷的方向，接著聽到人們發出了「喔喔」或是「啊啊」的驚叫聲。

小結也順著大家的視線看去，發現屋簷下方很暗，不知道大家在看什麼。人群中有一個年輕人輕鬆地縱身一躍，從屋簷角落的牆上，拔下了什麼東西。

什麼？他拿下了什麼東西？

小結在心裡小聲發問時，那個年輕人對著圍觀的人高高舉起了右手，出示了手上的東西。

「是箭！是白羽箭！上面還綁了一封信！」

議論的聲音比剛才更大了。

一個阿姨從北對的方向走來，撥開人群，終於擠到了彌生身旁，把裝了水的竹筒遞給了彌生。彌生喝了一口水，喘了一口氣，開口說話時，周圍的喧嘩聲才終於安靜下來。

「『驗明靈魂』儀式結束，新郎和新娘分別回到了東對和西對，我也想去看一下阿久里，於是就在神樂表演的中途起身離開了。

我沿著這個走廊準備走去西對，看到院子的圍牆那裡有一個白色的影子……。我定睛細看，想知道是誰，沒想到那個影子像一團煙霧，沒有形狀，完全不知道是怎麼回事。

我很害怕，愣在原地，沒想到那個白影突然對我射了一箭……」

「所以妳就尖叫嗎？」

有人問，彌生點了點頭說：

「對。當我發出叫聲後，白色影子飄啊飄，拖著長長的尾巴消失了。那個白色的影子到底是什麼？我完全搞不清楚……」

小結想起了剛才從西對門口逃走的白無垢新娘。消失在黑暗中的白色新娘，和彌生看到的白色影子有什麼關係嗎？

這時，人群中有一個聲音大聲問：

「綁在白羽箭上的信上寫了什麼？把信的內容唸出來！」

「對啊！看看信上寫什麼！」

「把信打開！」

小結也想起這件事，看向年輕人手上的箭的前端。

站在年輕人旁邊的一個爺爺從年輕人握著的白羽箭上解開了信，窸窸窣窣地打開了折起的紙。

圍觀的人都屏住呼吸，看著爺爺打開手上的信。

爺爺巡視周圍後，用力吸了一口氣，緩慢地、一字一句地開始唸信上的內容，讓所有人都可以聽見。

「馬上停止『婚禮』，必須找出潛入祝宮內的災難，懲罰玷辱神明的罪魁禍首。」

那個爺爺唸到這裡，倒吸了一口氣，停了下來。他似乎無法相信後面的內容，一次又一次在內心重複唸著接下來的內容。

「喂，怎麼了？」

「趕快繼續唸下去。」

「不要吊人胃口。」

人群中響起叫聲。那個爺爺再次吸了很大、很大一口氣，緩緩巡視聚集的人群。接著，他的身體抖了一下，慌慌張張地快速唸出了最後一句話。

「有一個人類趁著夜色，潛入了祝宮——」

聚集的人群……不對，是狐群中響起了驚叫聲和憤怒的聲音，簡直就像巨大的海浪。

「人類？」

「人類潛入祝宮？」

「人類怎麼會進來？」

「人類闖入神聖的婚禮？」

小結覺得太可怕了，好像腳下的地面坍塌了。一家人帶著祕密，遵守規定，勉強穩住重心，好不容易走到這裡，沒想到地面竟然發出巨大的聲音坍塌，自己被丟進了漆黑的恐懼之中。

——有一個人類。

那個人絕對就是指爸爸。

小結忍不住看向院子的樹叢，爸爸仍然站在那裡。爸爸靜靜地躲在樹叢背後，避免被祝姨婆發現，但即使站在那裡，也已藏不住了。

因爲大家已經知道，有人類在這座祝宮內……。

知道小結一家人祕密的某個人，知道小結一家人被召喚到山上的某個人，爲了揭露這個祕密，把信綁在白羽箭上，射出了白羽箭。搞不好就是用白羽箭把小結一家人召喚來這裡的那個人幹的。

「在哪裡？」

「人類在哪裡？」

「把人類找出來！」

不知不覺中，所有狐狸都大喊著相同的要求。

「把人類找出來！」

「把人類找出來！」

「把人類找出來！」

所有的狐狸異口同聲叫喊的聲音好像鐵錘般打在小結的心上。小結只能屏住呼吸，站在大叫的狐狸群中。

這時，有人更響亮地大叫。

「在哪裡？人類在哪裡？」

狐狸的叫聲沒有停止。

「人類在哪裡？」

「人類在哪裡？」

「人類在哪裡？」

小結再次悄悄看向站在院子裡的爸爸。爸爸沒問題嗎？

小結看向爸爸，頓時嚇得心臟都快停了。因爲她看到爸爸從原本藏身的樹叢後方走了出來。

爸爸走到皎潔的月光下，一臉爲難的表情看著情緒激動的狐狸後，用力深呼吸了一次，然後略帶遲疑地發出了「呃」的聲音，似乎要公布什麼重大消息。

但是，就在這時，一個不吉利的聲音大叫起來，打斷了爸爸。

「你們看！災難就在那裡！」

所有狐狸都看向從走廊欄杆探出身體的黑色人影。祝姨婆甩著黑袍的袖子，站在走廊上直直地指著站在地上的爸爸說：

「災難的影子從黑暗中出現，曝露在月光下。大家！請好好看清楚！就在那裡！人類就在那裡！」

小結感受到所有狐狸的目光都緩緩移向爸爸身上。

「啊……？不會吧？」

小結聽到岩丸叔叔回頭，小聲嘀咕著。

「爸爸！」媽媽大聲叫著。小結看向聲音傳來的方向，看到媽媽跳過欄杆，從走廊跳到院子。

所有的狐狸就像巨大的海浪般撲向爸爸。狐狸從走廊跳到院子，發出分不清是吼叫還是呻吟的可怕聲音撲了過去。

爸爸會被大卸八塊!!

小結在心裡尖叫的同時，聽到有人在撲向爸爸的狐狸正中央大喊一聲：「等一下！」

漸漸包圍爸爸的狐狸停了下來。

「小鬼！趕快閃一邊去！」

一個粗魯的聲音響起。

小結拚命從欄杆探出身體，想觀察這場騷動的發展。

「你說我是小鬼？」

小結對說話的聲音很熟悉，她忍不住抓著走廊上的柱子，爬到了欄杆上。站在欄杆上，才終於能夠看到被狐狸包圍的爸爸，和站在爸爸前方的小女孩。

「小齋……」

樣本的女孩……。但是絕對不會錯，那個聲音就是小齋。

「小鬼，讓開！閃一邊去！」

狐狸中再度響起一個不耐煩的聲音。

「如果我讓開，你打算怎麼做？」

小齋鎮定自若地問。

「要把他咬死。妳不要在這裡礙事！小鬼，趕快閃一邊去。」

呵呵。小齋發出笑聲，然後巡視圍在爸爸和她身邊的那些狐狸。

「你顯然不知道我是誰。」

小齋說完，她的身體開始變形，好像有一隻無形的手在拉扯她的身體。

「現在認識了嗎？」

被拉長的小齋已經不是小女孩，只見一個一頭白髮，瘦瘦高高的奶奶昂首挺胸站在那裡。

「……？」

小結目瞪口呆，搞不懂自己究竟看到了什麼。樣本的小齋竟然突然從小女孩變成了老奶奶，到底是怎麼回事？

這時，只聽到媽媽大叫一聲：

「媽媽……！」

媽媽撥開狐狸群，打算跑向爸爸，突然在狐狸群中大叫了起來。

「啊……？」

小結在欄杆上看了看媽媽，又看了看小齋變成的老奶奶。

「媽媽……？媽媽的媽媽不就是奶奶嗎？小齋……是齋奶奶變身的嗎？」

狐狸群中也響起了議論的聲音。

「原來是齋啊！」

「是大峰山的齋！」

「是齋！」

「是齋！」

齋奶奶在議論紛紛的狐狸群正中央開了口。

她的聲音已經不再是小女孩的聲音，而是嚴肅而毅然的聲音……

那是五山會大代表的聲音。

「即使是人類，也不能夠在未經審判的情況下就咬死他。

各位，你們要帶著對自己尾巴的驕傲，收起獠牙。

這件事就交給五山會，由五山會來評定。」

「……不對……」

小結輕聲嘀咕。

「不是小齋變身成爲齋奶奶……原來是奶奶變身成爲小齋……」

五山會

聚集在西走廊上的圍觀群眾都先回到了正殿，由五山會主持的審判將在水池浮島的釣魚亭內舉行。

小結等信田家的五個人並不是在正殿，而是在走廊上等待評定準備就緒。評定就是審判的意思。

新郎和新娘並沒有和其他狐狸一起在正殿內，但沒有人在意這件事。小結豎起耳朵偷聽大家說話，得知「驗明靈魂」儀式結束後，新郎和新娘就分別回到了東對和西對，在「驗明口嘴」的儀式開始之

前，都不能離開休息室。

「新郎和新娘真可憐，他們的婚禮只差一步就完成了，卻偏偏發生這種事……。他們目前在東對和西對內一定很忐忑不安，不知道發生了什麼事。」

「是啊……，真是做夢也沒想到，竟然會有人類混進祝宮……。既然發生這種不吉利的事，我看這樁婚事也完蛋了。」

小結聽了狐狸們的聊天，心情很沉重。雖然這不是小結和家人造成的，但是那兩隻狐狸努力通過了各項艱難的考驗，卻因爲小結一家人在這裡的關係結不了婚，還是覺得他們很可憐，也很對不起他們，心裡很難過。

除了媽媽以外，小結還沒有把剛才在西對看到了兩個新娘的事告訴別人。因爲在西走廊上發生那場騷動之後，根本沒機會說這件事，而且她更擔心一旦說了這件事，會導致新娘陷入更大的危機。

不一會兒，釣魚亭內似乎已經準備就緒，樣本的小狐狸女生來到在西走廊上等待的爸爸、媽媽、小結、小匠和小萌面前，請他們一起去釣魚亭。

他們經過正殿門口時，後方有人叫住了他們。回頭一看，發現鬼丸爺爺從正殿探出身體，對他們說：

「你們聽好了，千萬不要惹惱五山會的五隻狐狸，要順從他們，對他們畢恭畢敬，這樣的話，至少有一半狐狸血液的三個孩子不會有事。」

「那爸爸呢？」小匠問。

鬼丸爺爺一臉爲難的表情，沒有再說話。爸爸向爺爺鞠了一躬，對大家說：

「我們走吧，讓五山會的各位等我們就太失禮了。」

正當大家準備走向通往釣魚亭的東走廊時，一個人從爺爺後方走了出來。她就是穿著黑袍的祝姨婆。

「走上命運之路，接受審判的人！在命運之路的前方，等待你們的是黑色巨大災難的影子！千萬要小心！」

「即使不用妳告訴我們，我們也知道，妳該告訴我們要怎麼小心。」

小結嘆著氣小聲說道。

東走廊在柔和的座燈燈光下，出現在黑暗中。雖然不是覺得祝姨婆的話有道理，但的確很像通往命運的路。

沿著這條路一步一步走向釣魚亭，小結發現腹底漸漸感到冰冷，沉重的東西像鉛塊一樣慢慢累積在內心深處。

釣魚亭很小，地板和柱子上方只有一個六角形的屋頂，五山會的代表——五隻狐狸都已經在釣魚亭內等待小結一家人。五名代表都穿著相同的、繡了家徽黑色和服，肩膀位置是圓形圈起稻穗的家徽。這應該是評定時的正式服裝。穿上正式服裝的五名代表坐成一排，看起來很莊嚴。五山會的代表坐成一排，就把釣魚亭占滿了。

小結一家人來到了走廊的終點，坐在五名代表中央的齋奶奶命令他們：「你們就坐在那裡。」

小結一家人分成前後兩排，在釣魚亭門口的走廊上坐了下來。爸爸和媽媽坐在前排，三個小孩子坐在後排。一家人在緊張的氣氛下，都畢恭畢敬地跪坐在走廊冰冷的地板上。

五名狐狸代表中，也有小結認識的熟面孔。爸爸的「兄弟」岩丸叔叔竟然也是代表之一。岩丸叔叔瞥了爸爸一眼之後，揚起下巴，一臉嚴肅的表情看向前方。掛在釣魚亭屋簷下唯一的座燈，和浮島上唯一的燈籠燈光，在岩丸叔叔的臉上留下很深的陰影。前一刻傻呆呆的岩丸叔叔不見了，變成了嚴肅的五山會代表。

信田家的五個人和五山會代表的五個人……不，是五隻狐狸面對面坐下後，評定就開始了。首先由大代表齋奶奶介紹了信田家五個人的名字，接著又介紹了五山會代表的名字。

五山會的五名代表中，首先是玉置山的岩丸。接著是三輪山的滿月丸，滿月丸人如其名，臉圓得像圓月。第三個神倉山的松風丸留著像仙人般的長鬍子，第四個是吉野山的楓，長得很像白雪公主繪本中出現的壞巫婆，最後是大峰山的齋。這五隻狐狸就是五山會的代表。

小結聽到吉野山的楓奶奶的名字，發現她就是媽媽剛才提到的那個博學多聞的奶奶「梅波小姐」。

小結在爸爸身後偷偷看向齋奶奶。從出生到現在，小結從來沒有見過媽媽的媽媽，沒想到竟然在這種地方、以這種方式見面，她的心情太複雜了。而且想到齋奶奶剛才變身成樣本的小齋，若無其事地和自己聊天，心情更加五味雜陳了。這輩子第一次見到親奶奶，沒想到一見面，就被奶奶騙了。

不知道該因爲「狐狸果然厲害」而感到佩服？還是該氣憤地想「奶奶怎麼可以騙人」？

瘦瘦高高的齋奶奶從剛才就挺直身體坐在那裡，目不轉睛地注視著在她面前的爸爸，奶奶的眼睛完全沒有看小結，簡直就像除了爸爸以外，完全看不到其他人，連自己的親生女兒，和第一次見面的孫子、孫女都完全不在她眼裡。

被風吹得晃來晃去的座燈燈光，不時把奶奶的眼睛照得發亮，但是小結無法從奶奶的眼神中，看出她帶著怎樣的心情注視著爸爸，也不知道爸爸帶著怎樣的心情面對奶奶。

齋奶奶用平靜的聲音說：

「現在開始評定。」

「你們爲什麼來這裡?!爲什麼進入祝宮?!你們太厚顏無恥了！不知天高地厚的人類！」

有著像仙人般鬍子的松風丸突然用尖銳的聲音說道。

「我們也不想來這裡啊。」爸爸說。

小結聽了松風丸說的那句「不知天高地厚的人類」感到很生氣，小匠也很生氣，正準備開口說話，小結用手肘碰了碰他，示意他不要開口。因爲不能無視鬼丸爺爺的提醒。

「是有人把我們叫來這裡……正確地說，是召喚我們來這裡，我們就在不知不覺中闖了進來，完全不知道就這樣誤闖了各位不容外族踏入的世界……」

媽媽點頭同意爸爸的話後說：

「那個人使用了白羽符。」

爸爸立刻從皮夾裡拿出作爲證據的白羽符，遞給齋奶奶。齋奶奶接了過去。五山會的五名代表輪流檢查了爸爸提出的證據，仔細觀察、嗅聞味道，低聲討論著。

「上面完全沒有留下任何有助於找到罪魁禍首的氣味或是線索。」

不一會兒，齋奶奶表達了意見，圓臉的滿月丸慢條斯理地說：

「但是，再怎麼糊塗，也不可能被貼了這張符，一路上都完全沒發現，就這樣千里迢迢被引來這種深山密林，這也未免太奇怪了。通常不是會在半路上發現，然後把白羽符撕掉，然後就掉頭開回去嗎？你是不是明明知道，卻故意來這裡？」

松風丸尖銳的聲音讓人渾身不舒服，但滿月丸拖拖拉拉的說話態度讓人煩躁，聽著聽著，會越來越生氣。

「不……，來這裡之前，我們真的完全沒有發現。」

爸爸很有耐心地回答，小結忍不住在內心稱讚爸爸「了不起」。

「因爲我們對那條路並不熟，車子開到陌生的地方時，還以爲是迷了路，所以當時還努力設法回到正確的路。……但是，不久之後，就駛入了根本沒有辦法回頭的山路……。那條山路的終點，就是這座山。」

媽媽聽了爸爸的回答，再次點頭補充說：

「召喚我們來這裡的人還安排了誘餌。我們的車子在山路的入口猶豫時，那輛白色車子按著喇叭，超越了我們的車駛入山中，好像在吸引我們跟上去。我們看到那輛車，才會上當受騙，以爲這條路可以通往其他地方，而不是死胡同。而且那輛白色車子之後就消失了，那絕對是爲了吸引我們上當的誘餌，我們之所以會闖入這座山上，就是白羽符的主人策劃的計畫。」

「果真如此的話……」

岩丸叔叔用嚴厲的聲音開了口。好脾氣的岩丸叔叔現在一臉嚴肅的表情，看向正前方，既沒有看爸爸，也沒有看任何人，簡直就像對著黑暗說話。

「如果你們真的受騙上當，爲什麼之前都沒有吭氣？即使不小心闖入這裡，你們也若無其事地在祝宮內走來走去，假裝是狐狸族的成員欺騙我們？」

岩丸叔叔說到這裡，才終於看了爸爸一眼，露出好像快哭出來的表情撇著嘴說：

「我做夢都沒有想到你竟然是人類，你是不是覺得欺騙我很好玩？」

「就是啊。」誤以爲小萌是狐狸的楓奶奶用力點頭表示同意，「我也被他們騙了，這幾個人類不知天高地厚，欺騙狐狸，然後樂在其中，絕對不能輕饒他們。」

「不知天高地厚的人類！不知天高地厚的人類！寡廉鮮恥！寡廉鮮恥！」

松風丸用尖銳的聲音吼叫起來。爸爸靜靜地開了口。

「並不是你們說的那樣，我們絕對沒有對欺騙你們樂在其中。岩丸先生，希望你可以相信，我從來沒有對你說過任何謊言。你問我叫什麼名字時，我很老實地說了自己的名字。我真的姓信田，我的名字叫信田一。你問我和夜叉丸哥哥的關係時，我的確回答說『我是受害者』，也許我該回答『他是我的大舅子』比較好，但是，從我的角度來看，我真的不覺得自己是他的妹婿，而是受害者⋯⋯。這句話完全屬實，我也和你分享了至今爲止的遭遇，於是你就叫我『兄弟』。我覺得我們是同樣被害得很慘的『難兄難弟』，所以也覺得你是我的『兄弟』。

這些都完全屬實，沒有半句謊言，唯一的不同，就是你是狐狸，我是人類。

你剛才問我，爲什麼沒有一開始就說明自己是人類。我第一次踏入不同的世界，被狐狸族包圍，你認爲我有辦法一見面就說出自己的身分嗎？一旦這麼做，一定會馬上引起一場極大的混亂。

你們去人類的世界時，不是也會變身成人類的樣子嗎？

無論狐狸還是人都一樣，踏入和自己生活的世界不同的世界時，都會盡可能融入那個世界，避免引起混亂。

但是，我絕對沒有對隱瞞自己的真實身分樂在其中，我從踏進這座山上到此時此刻為止，一直都提心吊膽，膽戰心驚。岩丸先生，我和你在一起之後，我們的關係越融洽，內心就越愧疚。

雖然現在身分曝光很傷腦筋，但同時我也稍微鬆了一口氣。

我很慶幸終於能夠對你實話實說了。」

岩丸叔叔眨了眨瞪大的眼睛，看著爸爸。

小結聽到楓奶奶小聲嘀咕說：「哼，這個人類太能言善辯了。」

然後，她用銳利的眼神瞪了媽媽一眼，露出不懷好意的笑容說：

「八成是有人教他這麼說、那樣說，把祖傳的祕笈交給了他。」

媽媽正打算開口說什麼，小結聽到爸爸若無其事地輕聲說了一句好像是咒語的話。

「狐狸山簷端，黝暗幾許深，久未見魚雁，迷夢釣魚亭。」

楓奶奶眨了眨小眼睛看著爸爸，輕輕說了一句好像暗號的話，小結完全聽不懂是什麼意思。

「喔……，小式部內侍嗎？」

楓奶奶小聲嘟噥後，微微瞇起眼睛，重新仔細打量著爸爸。松風丸大叫著：

「無論你說再多藉口都不行！

你闖入了禁止外族進入的祝宮，破壞了神聖的婚禮。不知天高地厚的人類！絕對不能原諒！」

「不要一直說什麼不知天高地厚的人類！不知天高地厚的人類！你們才是不知天高地厚的狐狸！」

坐在小結身旁的小匠終於爆炸了。

「小匠！別亂說話！」

媽媽慌忙制止，但已經來不及了。

「你、你說什麼！你這個小鬼竟然說我們狐狸不知天高地厚！」

「因爲是你們先說我們『不知天高地厚的人類』！說人家笨蛋的人，自己才是笨蛋。說人家傻瓜的人，自己才是傻瓜，所以你們說我們是『不知天高地厚的人類』，被別人說是『不知天高地厚的狐狸』，也沒什麼好埋怨的，反正我們扯平了。」

小匠說著莫名其妙的歪理，然後又繼續說了下去。

「更何況請你們告訴我們，爲什麼人類不能進入祝宮？狐狸經常去人類的世界玩，是誰規定人類不能來這裡？我們並沒有做任何壞事。」

松風丸氣得跳腳，像仙人般的長鬍子不停地顫抖，額頭上冒著青筋吼叫著：

「因爲人類很骯髒，又愛說謊，不負責任又吊兒郎當！你們來這裡，神聖的祝宮就被你們玷汙了！你身上有一半狐狸的血液，竟然連這種事都不知道！你這個笨到家的笨蛋！」

小結聽了，也忍不住想要反駁。

「如果是因爲人類愛說謊，不負責任又吊兒郎當就禁止進入，那不是也該禁止有些狐狸不能進來這裡嗎？

我認爲無論是人類還是狐狸中，都有很多這種人！和是人類還是狐狸沒什麼關係！」

「廢話少說！廢話少說！妳太狂妄了！不知天高地厚的半人類！」

松風丸聲嘶力竭地吼叫，但是小結聽到岩丸叔叔偷偷嘀咕了一句「有道理」。

「但是啊，」三輪山的滿月丸又慢條斯理地插嘴說：「總之，至今為止，從來不曾有過狐狸族以外的外族踏入祝宮，不行就是不行，這就是所謂的傳統。

傳統必須遵守，只要有一次允許外族進入這個神聖的祝宮，傳統就會被破壞的蕩然無存，這樣大有問題吧？

所以我認為絕對不能允許人類進入這裡。」

「不……，以前也曾經有狐狸族以外的外族進入祝宮。」

楓奶奶說，所有人都大吃一驚地看著她，她重重地咳嗽一聲後說了起來。

「三百八十年前，神倉山的夕顏和三輪山的金風丸婚禮的時候，曾經邀請了五隻猴子來祝宮。」

「爲什麼邀請猴子來這裡？」

滿月丸滿臉錯愕地問。楓奶奶回答說：

「因爲那幾隻猴子會表演難得一見的猴子舞和插秧歌，爲了奉獻神樂，特別邀請他們來祝宮。那次的婚禮上，除了『驗明靈魂』前後的『前神樂』和『後神樂』以外，還向神奉獻了『壓軸神樂』，那些猴子就是在『壓軸神樂』時表演。」

滿月丸聽楓奶奶說完後，納悶地歪著頭。

「但是，這件事和那件事不一樣。那些猴子是來奉獻神樂，但是眼前這幾個人可沒這種能耐，既不會唱歌，又不會跳舞。」

「不試試怎麼知道呢？」

楓奶奶露出促狹的眼神，似乎等著看好戲。其他人紛紛歪著頭，不太瞭解她這句話的意思，楓奶奶露出不懷好意的笑容看著爸爸說：

「讓他們試試，就知道他們有什麼能耐了。這個人類腦袋很靈光，而且知識也很淵博，搞不好會一、兩項才藝。我好久沒看到狐狸族以外的外族表演的才藝了，就讓我好好欣賞他們到底會什麼才藝。如果他們的才藝大受歡迎，就既往不咎，不懲罰他們，當作邀請他們來奉獻神樂，然後讓他們回去自己的世界就好。」

小匠戰戰兢兢地問：

「請問……如果不受歡迎呢？」

楓奶奶露出滿臉奸笑說：

「如果是這樣，到時候就不要怪我們不客氣了。大家都不可能饒恕毫無理由闖入祝宮的外族，你們要做好心理準備，到時候會被咬死，扯下頭髮，丟下山谷。」

小匠和小結嚇得互看了一眼。松風丸大吼道：

「我反對！我堅決反對！不要再猶豫了，現在馬上把他們咬死、扯下頭髮，丟下山谷！」

「我也覺得、這樣比較好。這幾個傢伙怎麼可能有什麼才藝？」

「我贊成楓大人的意見。」岩丸叔叔說，「無論是誰，都該有一次機會，這也是狐狸的氣魄。」

小結聽著岩丸叔叔的話，默默地思忖著，**這真的是機會嗎**？

目前是二比二，意見產生了分歧，所有人都不由自主地看向剩下的最後一名代表齋奶奶。

這時，突然一陣強風吹過釣魚亭周圍，燈光搖曳起來。原本蹲在黑暗中的影子突然在小結的周圍舞動，她聽到院子裡的樹梢發出了沙沙的聲音。

風靜下來時，齋奶奶開了口。

「我想問一個問題。」

奶奶一雙炯炯有神的黑眼睛注視著爸爸。

「你剛才原本想主動承認吧？就是在西走廊上，大家吵成一團的時候。有人問：『人類在哪裡？』時，你從樹下走了出來，想要主動承認吧？爲什麼？」

奶奶的聲音很平靜，說話也沒有很大聲，但有一種神奇的力量，滲入了內心深處，好像把整個心都包了起來。

「因爲反正遲早會真相大白。」

爸爸仍然平靜地回答。

「因爲我聽說晚一點會有『驗明口嘴』的儀式，到時候就無法說謊。因爲在只要吹一口氣，就可以判定是否說謊的葉子前問我：『你是不是人類？』我就只能回答：『是。』既然這樣，我就覺得那時候主動承認比較好，因爲這樣可以節省大家的時間。」

奶奶又繼續發問。

「難道你沒想到會被咬死嗎？如果當時沒有我，難道你沒有想到會被狐狸咬住喉嚨而死嗎？」

爸爸毫不猶豫地回答：

「如果有超過兩條以上的路時，我向來會考慮各種可能性。選這條路會有什麼結果，選那條路會怎麼樣……。但是，這次只有一條路可以選，我遲早都必須承認。

這種時候……只有一條路可走時，我會專心做好一件事。」

爸爸停頓了一下，深呼吸了一口之後，繼續說了下去。

「我會想像完美結局。」

齋奶奶點了點頭，然後起身說：

「這樣啊，所以你這次也沒有去想不好的結局。因爲你們只剩一條路可走。

一刻鐘後的『驗明口嘴』的儀式結束之後，就由你們向神奉獻『壓軸神樂』，要在正殿的所有狐狸面前表演神樂。」

13 壓軸神樂

釣魚亭內只剩下爸爸、小結、小匠和小萌四個人，因爲媽媽是狐狸族，所以齋奶奶不同意媽媽參加在一刻鐘之後表演的「壓軸神樂」。一刻鐘就是兩個小時，命運的時刻正在一分一秒逼近。

所有的狐狸都聚集在正殿內大吃大喝，也有人送了飯糰和味噌湯等簡單的晚餐到釣魚亭。

在五山會評定期間，靠在小結身上睡得很熟的小萌，在吃完飯糰後，突然恢復了活力，進入了神清氣爽的模式。大家在思考要表演什

麼節目時，她也表演了在幼稚園學會的各種遊戲，獨自玩得不亦樂乎。

小匠對小萌的獨自表演會感到厭煩，忍不住嘆著氣。

「小萌，妳不要再跳舞了，可不可以安靜一下？妳一直在那裡跳舞，我們根本沒辦法思考。」

「我認爲只能表演這個節目。」

小結重提了剛才討論的點子，向其他人確認。

「因爲完全想不到其他點子，我們就唱媽媽教我們的狐狸山的歌，然後再加上動作，邊唱邊跳，這樣應該就可以了吧？」

「不行，不行，不行。」

剛才就極力反對的小匠再次搖頭。

「這種表演絕對不可能受歡迎，絕對會失敗。」

「既然這樣，那你來想有沒有其他好點子。」

小結生氣地說。

「你唯一的才藝，不就是模仿諧星搞笑嗎？這種節目，在這裡絕對、完全、根本不可能成功。」

小匠心煩意亂地重重嘆了一口氣。

「突然要求我們表演節目，我們怎麼可能表演什麼讓狐狸滿意的節目呢？這根本是在整人嘛。那個叫楓奶奶的壞心眼老太婆提出這種建議，一定是想讓我們出糗。」

小結聽了小匠的話，突然想起一件事。她問爸爸：

「……對了，爸爸。你剛才不是唸了什麼很奇怪的咒語嗎？什麼狐狸山的黑暗什麼什麼，還有釣魚亭什麼什麼……。那是什麼意思？」

「……喔，原來妳是問那個。」

爸爸有點難爲情地聳了聳肩。

「我只是在模仿古代一個名叫小式部內侍的詩人所寫的和歌。小式部內侍是赫赫有名的和歌詩人和泉式部的女兒，在參加某次詩歌會時，曾經有一個人不懷好意地調侃她。

『妳的母親住在丹後，有沒有和妳聯絡？妳媽媽是和歌名人，如果沒有她的協助，妳應該會很傷腦筋吧？』

於是，小式部內侍立刻吟了一首歌，回答了那個壞心眼的人。

『此身大江山，生野路遙遙，久未見魚雁，天橋立更遠。』這就是小式部內侍吟唱的歌。……從京都越過大江山，經由生野去天橋立的路很遙遠，所以從來沒有去過丹後名勝的天橋立，也沒有收到母親寄來的信。小式部內侍藉此證明，即使不需要母親的幫助，她也可以寫出優美的和歌。

我剛才從媽媽口中聽說了小萌剛才遇到的危機，得知楓奶奶很瞭解和歌，所以剛才她暗示有人教我那麼說，我就想起了小式部內侍的故事，用和歌回答了她。

狐狸山簷端，黝暗幾許深，久未見魚雁，迷夢釣魚亭。

我只是向小式部內侍的和歌致敬，這首和歌的意思是，狐狸山建築物的屋簷下很暗，根本沒辦法看信，也就是沒辦法看小抄的意思。」

爸爸說完，靦腆地用指尖輕輕抓了抓鼻尖。

小匠再度嘆著氣。

「都怪爸爸說這種話，所以楓奶奶覺得很好玩，才會提出那種提議，說什麼要我們表演才藝……。明明知道我們的表演根本不可能讓狐狸滿意。」

「那大鬍子爺爺的歌呢？你們覺得好不好？」

小萌又打算玩新的遊戲，小結和小匠慌忙制止了她。

「小萌，妳不用跳舞沒關係。」

「大鬍子爺爺的歌不行。」

小萌滿臉無趣地放下了舉到一半的手，小聲嘀咕說：

「狐狸一定會喜歡大鬍子爺爺的歌……」

爸爸總結說：

「除了邊唱邊跳以外，大家扮成狐狸的樣子，你們覺得怎麼樣？狐狸變身成人類不稀奇，但人類打扮成狐狸就很難得一見，搞不好會很受歡迎。」

「啊！好主意！可以用芒草當成尾巴……。然後再向媽媽借粉餅、口紅和眼影，就像音樂劇『貓』一樣，化妝成狐狸的樣子，一定很傳神。」

「嗚呃……」小匠縮起脖子，結果被小結狠狠瞪了一眼，只好把原本想說的抱怨吞了下去。

時間緊迫，沒時間再爭執不休了。必須馬上開始想配合唱歌的動作，然後一起練習唱歌和跳舞。

就在這時。

「喂……喂。」

黑暗中，不知道哪裡傳來了叫聲。大家大吃一驚互看著，轉頭看向聲音傳來的方向。

明明沒有風，正殿相反方向水池岸邊的鐵掃帚樹叢微微晃動，一頂熟悉的大帽子從樹叢後方露了出來。

「夜叉丸舅……！」

小結差一點叫出來，夜叉丸舅舅一個勁比著「噓！」的動作，讓小結閉嘴後，用幾乎聽不到的聲音，拚命說了起來。大家只能聽到他斷斷續續說的話。

「……不必擔心。特別的蕈菇……季……味噌湯……『唱歌菇』……完美！」

最後，舅舅對著大家豎起了大姆指，用力點了點頭，轉身不知道走去哪裡了。

雖然大家只聽到舅舅斷斷續續說的話，但還是大致理解了他說的話。

當夜叉丸舅舅離開後，爸爸不安地說：

「雖然搞不清楚是什麼狀況，舅舅也許，該不會是說，他在我們的味噌湯裡加了特別的蕈菇？」

小結一臉嚴肅的表情點了點頭說：

「舅舅很得意地說，他在結界內四處尋找，才終於找到。那是名叫『唱歌菇』的特別蕈菇，只要吃了這種蕈菇，唱歌就會像黃鶯一樣好聽。……他已經請小季偷偷把『唱歌菇』放在我們的昆布味噌湯裡了，叫我們不必擔心，無論我們唱什麼歌，都可以唱得很好。」

「啊，我已經不小心喝了味噌湯……」

即使是夜叉丸舅舅的忠實粉絲阿匠，也忍不住按著肚子，一臉怨恨的表情。因爲他之前曾經因爲舅舅送他的禮物，被害得很慘。

「會肚子痛嗎？」

小萌也一臉擔心地巡視著其他人。

「雖然不知道會不會肚子痛，但隨便亂吃蕈菇很危險……」植物學家的爸爸說，小結立刻糾正爸爸：

「不是蕈菇危險，而是夜叉丸舅舅很危險，舅舅之前帶給我們家的東西，百分之百都是災難的種子……。這次也絕對很危險，竟然還敢叫我們不必擔心。」

但是，即使現在擔心，也已經來不及了。因爲小結、小匠和小萌都已經吃了飯糰，也喝了味噌湯，鍋子裡幾乎空了，現在已經無能爲力了。

「至少目前身體並沒有異狀，只能相信神明和夜叉丸舅舅了。」

爸爸把了自己的脈，又摸了摸小萌的額頭後說。

神樂表演的時間即將到來。小結和其他人思考著如何編舞，然後大家一次又一次練舞。

「爸爸，你每次跨出右腳的時候都會慢一拍。小匠，你擺手的時候動作要大一點。如果我們的動作不整齊，就失去了意義……」

但是，他們的動作不可能整齊。因爲爸爸的節奏感很差，小匠因爲害羞，所以提不起勁。小萌跳舞時隨心所欲，這種表演和剛才跳地狐舞的新郎和新娘差了十里、八里，不，是差了十萬八千里。

「唉，這樣根本不可能大受歡迎……」

小結忍不住嘆著氣，說著沒志氣的話，但上台表演的時間已經逼近眼前。不一會兒，就聽到正殿的方向傳來了啪七、啪七的拍子木拍打的聲音，宣布「驗明口嘴」的儀式開始了。

小結豎起耳朵，聽到小狐狸女孩對著正殿的賓客大聲宣布：

「『驗明口嘴』的時辰已到。」

啪七、啪七。

「『驗明口嘴』的時辰已到。」

啪七、啪七。

這時，五山會代表滿月丸拿著放了四片葉子的圓形托盤，走進了釣魚亭。

「請你們在這裡進行『驗明口嘴』，每個人都要當著我的面，對著樹葉吹氣。

雖然即使你們不吹氣，我也知道結果。反正你們混進祝宮，爲了隱瞞真實身分，一定說了很多謊。只要吹一口氣，葉子馬上就會變成紅色。」

滿月丸露出不懷好意的笑容，小結、爸爸、小匠和小萌忍不住互看了一眼。

「我們才沒有說謊。」

小匠說完，搶先從托盤上拿起一片葉子。小匠就像做廣播操時最後深呼吸一樣，用力吸了很大很大一口氣，然後當著滿月丸的面，把憋住的氣用力吹在手上的葉子上。小匠把葉子吹得抖個不停，但葉子完全沒有改變顏色。

「咦？」滿月丸歪著頭，「這會不會太奇怪了，爲什麼沒有變紅？難道你沒有說半句謊，就隱瞞了自己的真實身分？」

滿月丸嘀咕著，小結也一派輕鬆地拿起一片葉子。即使她深呼吸後吐了一口氣，葉子仍然沒有變色。

「咦？咦？咦？咦？咦？」

葉子雖然沒有變紅，但滿月丸的圓臉越來越紅。

「小萌也要！」

小萌也模仿小結和小匠，在托盤上拿起第三片樹葉。小萌就像在吹蒲公英的絨毛一樣噘著嘴，用力對著葉子吹氣，葉子仍然綠油油的。

「太荒唐了！太荒唐了！太荒唐了！」

滿月丸不知所措。爸爸從滿月丸手上的托盤中，拿起最後一片葉子，好奇地打量著葉子片刻，然後呼、呼、呼，對著葉子用力吹了三口氣。葉子的顏色當然完全沒有改變。

小結、小匠、小萌和爸爸各拿著一片綠油油的葉子，心滿意足地互看著。這一整天，他們都提心吊膽、如履薄冰，總算沒有說任何謊，他們的努力終於有了回報。滿月丸就像洩了氣的皮球，嘆了一口氣後，對他們一家人說：

「……你們把葉子放回托盤上，你們的『驗明口嘴』已經完成了。」

滿月丸一臉不甘心地說完，把小結他們遞給他的四片葉子放回托盤，垂頭喪氣地走回正殿的方向。

「他似乎對我們沒有說謊感到很失望。」

小匠忍著笑，小聲地說。小結也目送著滿月丸離去的身影，小聲地說：

「他一定打算一旦發現我們說謊，就要說什麼『我早就知道不能原諒他們』……」

所有狐狸正在滿月丸前往的正殿內進行「驗明口嘴」的儀式。現在這個時候，新郎和新娘、小季和祝姨婆，還有爲了躲避岩丸叔叔四

處逃竄的夜叉丸舅舅，應該也都在正殿內，在五山會代表的監督下，一個接一個對著葉子吹氣。

「這個儀式一結束，我們就要上台表演了。」爸爸說。

「真是一波未平，一波又起。」小結說。

在正殿的儀式即將結束時，小狐狸帶路人來到釣魚亭，通知小結他們：

「『驗明口嘴』儀式即將結束，我等一下會來接你們，請你們做好表演的準備。」

小結問小狐狸帶路人，是否可以把媽媽的化妝包送來，同時想借一個小型太鼓。

「知道了。」小狐狸帶路人回答後，走回正殿，不一會兒，就拿著媽媽的化妝包，和向狐狸五人樂隊借來的小型太鼓回來，交給了小結他們。

「我們無論都要努力表演。」

小結拿著媽媽的化妝品，爲大家化上狐狸妝，自我激勵地說。小匠主動要求打鼓。

「你應該知道節奏吧？

就是——

嘟、達達、嘟、達。

咚、達達達、嘟、達。」

小匠聽了小結的話，心情愉快地點了點頭說：「放心交給我吧。」他似乎很高興終於不必跳舞了，所以賣力練習。

「我在音樂會的時候也是負責小型太鼓！」

小匠說完，用雙手拿著的鼓棒，敲出輕快的節奏。

小結用粉底和蜜粉盡可能把臉塗得很白，又用眼線筆和眼影，畫出細長的狐狸眼睛，再用口紅畫了大嘴巴，在臉頰上擦了圓形的腮紅，最後用眉筆畫了三根鬍鬚。

於是就完成了好像狐狸面具般的狐狸妝。

「嗯，化得很棒！」

小結看著小鏡子，滿意地點了點頭，然後伸手折下釣魚亭周圍浮島上的芒草，放在屁股上當成尾巴，就完成了。

那些狐狸會覺得扮成狐狸的人類有趣嗎？

命運的時刻終於到了。

「『壓軸神樂』的時辰已到。」

帶路的小狐狸說，扮成狐狸的小結一家四個人在釣魚亭內再次互看著。

「我們一定要盡最大的努力好好表演。」爸爸說。

四個人把右手疊在一起喊著：「勝利！」跟著帶路的小狐狸，排成一行，沿著東走廊走向正殿。

正殿內的狐狸吃吃喝喝，好不熱鬧。另外兩隻小狐狸並排站在正門前的走廊上，拍響了拍子木。

「『壓軸神樂』的時辰已到！」

啪七、啪七。

「『壓軸神樂』的時辰已到！」

啪七、啪七。

從東走廊來到正殿前的走廊時，走在前面的帶路小狐狸停下腳步，轉身對小結他們說：

「你們無法登上正殿的舞台，大人指示，狐狸以外的外族不能登上舞台，所以請你們在正殿前的走廊上表演『壓軸神樂』。」

小狐狸深深鞠了一躬後繼續往前走。小匠拿著小型太鼓走在最前面，小萌、小結和爸爸跟在他身後。

拍子木的聲音響起，原本熱鬧的正殿內也漸漸安靜下來，所有狐狸都轉身面對正門口的走廊，準備觀賞即將開始的『壓軸神樂』。

小結的心臟從剛才就開始不只是噗通、噗通地狂跳而已，而是像翹翹板一樣用力起伏，好像隨時會從嘴巴裡跳出來。

走在小結前面的小萌，也不時不安地回頭看向小結和爸爸。走在最前面的小匠似乎更緊張，走路都同手同腳。

小結他們終於來到了正殿前，看到了坐在正殿內的狐狸賓客，有人看到小結他們的變裝，忍不住呵呵笑了起來，也有人竊竊私語。大家都喝了不少酒，所以都變得很開朗。

帶路的小狐狸猛然停下腳步，轉身面對賓客。小結他們也跟著停下了腳步，背對著院子，面向賓客。

另外兩個小狐狸不知道什麼時候走到走廊的兩側角落，同時拍響了手上的拍子木。

啪七、啪七、啪七。

「『壓軸神樂』開始了、開始了！」

小匠因爲太緊張，呆若木雞地站在那裡，小結急忙用力咳了一下，示意他趕快開始打鼓。

小匠馬上回過神，動作生硬地開始敲小型太鼓，準備開始表演。

嘟、達達、咚、達。

咚、達達達、嘟、達。

嘟、達達、咚、達。

咚、達達達、嘟、達。

小匠敲鼓的聲音有氣無力，節奏也很凌亂，但這也是無可奈何的事。小結鼓起肋氣，唱起了狐狸山的歌。這是媽媽之前教她的。

春天來了，呼咿呼咿，

久助狐狸放聲高唱，

橿鳥、黃鶯，還有雲雀高飛，
櫻花綻放，滿山遍野，
呼咿呼咿呼咿咿。

爸爸和小萌隨著小結的歌聲跳舞，但無論手腳的動作都不一致，三個人的舞蹈動作比練習時更加七零八落。但是──。

他們明明跳得參差不齊，但是不知道爲什麼，賓客都歡呼起來。他們看了小結他們的舞蹈，竟然發出「喔！」、「哇噢！」、「耶！」的歡呼聲。

小結在仍然七上八下的內心嘀咕著。

竟**然大受歡迎！雖然我也搞不懂是怎麼回事，但竟然這麼受歡迎！**

這麼一想，原本像翹翹板一樣起伏不已的心臟漸漸平靜下來。感覺很不錯，小匠的小型太鼓也終於有模有樣了。

嘟、達達、咚、達。
咚、達達達、嘟、達。
嘟、達達、咚、達。
咚、達達達、嘟、達。
小結比剛才更歡快地唱了起來。

夏天來了，呼咿呼咿，
彌助狐狸肚子咕咕叫。
櫻鱒、虹鱒，還有鯉魚和香魚，
山上下驟雨，蟬聲也如雨，
呼咿呼咿呼咿。

賓客再度發出了歡呼，而且比剛才的聲音更加響亮。

小結邊唱邊跳，突然發現一件奇怪的事。

除了賓客的歡呼聲，她剛才的確聽到了蟬鳴聲，也聽到了雨聲從身後的院子傳來……。其他人似乎也聽到了，小匠、爸爸都露出有點不知所措的表情相互看著。只有小萌轉過身，用屁股對著賓客，興奮地叫了起來。

「哇噢！在下雨！」

沒想到小萌的這句話，又引起了賓客的歡聲。也許是因為小萌轉過身時，屁股上的芒草尾巴，成功博取了狐狸們的歡心。

小結看到賓客歡天喜地的樣子，又繼續唱了起來。

秋天來了，呼咿呼咿，

小松狐狸打扮得漂漂亮亮。

菊花髮簪，紅葉錦緞，
山林一片金黃色，
呼咿呼咿呼咿咿。

小結在唱歌的同時，改編了舞蹈的動作，開始轉圈圈。因爲她打算在轉圈的同時，看看後方的院子。

哇噢！小結在心裡叫了起來。因爲紅色、黃色和橘色等各種不同顏色的落葉都飄落在院子。雖然現在是秋天，但還不是落葉的季節，更何況剛才院子裡完全沒有一片落葉，眼前的景象到底是怎麼回事？

爸爸也模仿小結開始轉圈，就連負責小型太鼓的小匠也……。小萌轉身之後，就沒有再轉回來，搖著屁股跳著舞。狐狸們看到這一幕，再次大笑起來。

小結、小匠和爸爸完全搞不懂是什麼狀況。到底發生了什麼事？

13 壓軸神樂

這到底是怎麼回事？怎麼會這樣？

三個人相互使著眼色，但還是不知道答案。

嘟、達達、咚、達。

咚、達達達、嘟、達。

嘟、達達、咚、達。

咚、達達達、嘟、達。

冬天來了，呼咿呼咿，

權助狐狸也很冷。

寒風、霜柱、暴風雪，

山上原野一片白茫茫，

呼咿呼咿呼咿咿。

終於唱完了最後一段，也跳完了舞，在狐狸的大聲歡呼中回頭一看，發現正殿院子內飄著白雪，但是雪花並沒有飄落到地上，好像幻影般在黑暗中飄舞，然後又在黑暗中溶化般消失了。

小結他們又轉身面對賓客，終於想起來要下台一鞠躬，但狐狸仍然歡呼不斷。

這裡的狐狸和那裡的狐狸都用力鼓掌，有人拍著大腿，也有人捧腹大笑。

因爲狐狸的反應太熱烈，小結他們只能驚訝地站在原地。

「這是怎麼回事？也未免太受歡迎了吧？」

小結歪著頭納悶時，突然有人從正殿旁的柱子後方走了出來。

「你們的表演太出色了。」

小季一臉嚴肅地說。

「春天的櫻花雨、夏天的蟬聲雨、秋天的落葉、冬天的白雪……。背景隨著歌曲的內容改變很有創意，你們到底是怎麼做到的？」

即使被問「是怎麼做到的？」小結他們也無法回答。他們不知所措地互看著，小季聳了聳肩說：

「如果是祕密，不說也沒關係，但是你們要謝謝我，因爲我幫了你們的忙。」

小季得意地揚起頭，其他人都驚愕地看著她。

「因爲我把夜叉丸哥哥要我放進你們味噌湯裡的毒菇，放進其他鍋子裡了。」

「毒菇?!」

所有人都異口同聲地問。小結代表大家繼續發問。

「妳說的是舅舅說的『唱歌菇』嗎？」

小季用鼻子發出冷笑說：

「他說那是『唱歌菇』？很可惜，那是『狂笑菇』，最好的證明，就是大家吃了之後，就變成了你們看到的樣子。

雖然其中也有不少人是因爲喝醉了酒，也跟著樂在其中……」

小季看著正殿內那些捧腹大笑的狐狸，再次聳了聳肩。

小結、小匠、小萌和爸爸又再次互看著。

「我不是早就說了嗎？夜叉丸舅舅的禮物每次都是災難的種子。」

小結說，小匠不服氣地反駁。

「但是，多虧了舅舅，狐狸賓客才會這麼喜歡我們的表演，所以這次應該感謝舅舅。」

就在這時，正殿內響起一個宏亮的聲音。

「安靜！大家都安靜！」

小結他們驚訝地抬頭一看，發現五山會的成員站在狐狸後方的舞台上。齋奶奶代表五名代表請大家安靜，但是，即使奶奶大聲叫著，正殿內仍然無法安靜下來。

「請大家安靜！大家聽我說！」

奶奶不理會那些吵鬧的狐狸，繼續說了下去。

「『壓軸神樂』結束了！

我們對演出神樂的四名人類既往不咎，他們不會受到任何處罰！」

「太棒了！」

小匠做出了勝利的姿勢，小結、爸爸和小萌也都忍不住握住彼此的手。看到賓客興致勃勃地用如雷的掌聲稱讚這個決定，小結鬆了一口氣，終於放下了懸著的心。

「鄉里的人類等到結界解除的深夜時，必須立刻下山！」

齋奶奶停頓了一下，用力深呼吸後，再次對著正殿內的所有狐狸

說：

「『壓軸神樂』表演結束，婚禮的所有儀式也都順利完成！今晚，玉置山的村雨丸和大峰山的阿久里在山神和田神的見證下，完成了婚禮！

從此刻開始，他們就是夫妻！

快送上祝福新郎和新娘的酒！」

正殿內響起好像暴風雨般的歡呼聲和如雷的掌聲。這時，其中一隻狐狸站了起來，在激烈的歡聲中唱了起來。

春天來了，呼咿呼咿，
久助狐狸放聲高唱，
櫟鳥、黃鶯，還有雲雀高飛，
櫻花綻放，滿山遍野，

呼咿呼咿呼咿咿。

歌聲立刻傳遍整個正殿，狐狸隨著歌曲的節奏跳舞，而且他們不知道什麼時候學會了小結他們剛才表演的舞蹈動作，歡快地跳著舞。整個正殿都一起歡唱。

小結驚訝地看著狐狸跳舞，小匠悄悄拉著她的手臂說：

「姊姊，妳看，櫻花雨。」

小結轉頭看向院子，忍不住倒吸了一口氣。因爲白色的櫻花花瓣在黑暗中飄舞，美得好像在做夢。

13 壓軸神樂

14 齋奶奶

之後完全陷入了一片混亂。美酒佳餚、唱歌跳舞、歡聲笑語，正殿內到處都是笑聲和酒味。

原本在正殿角落看著「壓軸神樂」的媽媽和鬼丸爺爺也跑了過來，和小結他們一起爲神樂的表演成功感到高興。

「媽媽，剛才庭院裡的落葉和下雪，都是妳變出來的嗎？」

小結偷偷問媽媽，但媽媽只是搖頭。小結覺得什麼都沒說的媽媽似乎知道內情，卻又沒有告訴她，所以內心有點悶悶不樂。鬼丸爺爺

把手放在小結的肩膀上說：

「那應該是山神顯靈。山上有時候會發生一些不可思議的事。……尤其是像今晚這樣滿月的夜晚……。我覺得山神今天晚上一定很高興，所以才會助你們一臂之力。」

「奶奶在哪裡？她不是小萌的奶奶嗎？」

小萌在熱鬧的正殿內東張西望問道，但完全不見齋奶奶的身影。

媽媽一臉爲難地向小萌點了點頭說：

「沒錯，她就是妳的奶奶，奶奶到底去了哪裡呢？」

鬼丸爺爺好像在辯解似地結結巴巴說：

「奶奶、不太喜歡、這種吵鬧的場合。」

小匠立刻反駁說：

「但是今天是第一次見到我們這幾個孫子和孫女，未免太冷漠了，而且也是第一次見到爸爸。

啊……但是這種冷漠搞不好有點帥，也有點酷。剛才當狐狸們包圍爸爸時，奶奶突然出現，簡直太帥了……」

小結聽到爸爸小聲嘀咕說：

「我做夢也沒有想到，會在那種時候，用那種方式見到丈母娘，如果早知道，我就會穿得稍微像樣一點……」

小結用力吸著鼻子，嗅聞著爸爸身上的味道。

「是啊，至少該穿沒有樟腦丸和牛奶味道的衣服，啊，如果爸爸身上沒有這些味道，可能會更早曝露真實身分……」

媽媽安慰爸爸說：

「不用擔心，在你身分曝光那一刻，還有之後的表現都很了不起……。我相信媽媽一定能夠理解。」

這時，聽到有人叫爸爸的聲音。

「喂！信田丸！來這裡和我們一起喝酒！」

有人在正殿後方叫著爸爸，爸爸回頭看，忍不住瞪大了眼睛。

「啊！岩丸先生爲什麼心情愉快地和夜叉丸哥哥在一起喝酒!!」

小結和其他人也都順著爸爸的視線看了過去，發現岩丸叔叔和夜叉丸舅舅盤腿坐在舞台旁，有說有笑地相互斟酒！

「這是怎麼回事？」

小匠驚訝地歪著頭，小結也不停地眨著眼睛，小聲地問：

「不知道夜叉丸舅舅說了什麼向岩丸叔叔道歉？……還是根本沒

有道歉，而是用什麼方法唬弄了岩丸叔叔……？」

「雖然不知道他說了什麼，或是做了什麼，反正這小子又順利擺脫了危機。」

鬼丸爺爺滿臉不悅地說。

「岩丸叔叔到底爲什麼那麼生氣？夜叉丸舅舅到底做了什麼？」

小結問，爸爸嘆著氣，回答了這個問題。

「岩丸先生沒有去過人間，夜叉丸哥哥似乎想要在他面前打腫臉充胖子，說什麼『我會帶你去我熟識的店開懷大吃各種美味佳餚，這件事就包在我身上。』然後就帶著岩丸先生去了人間的高級中餐館，兩個人又吃又喝，最後夜叉哥哥叫了一聲『快逃』，自己一個人逃走了。……岩丸先生根本搞不清楚狀況，來不及逃走，突然被店裡的人抓住，然後竟然留在那裡打掃洗碗整整一個月。」

「整整一個月?!」小結大驚起來。

「看來他們吃了不少。」鬼丸爺爺說。

「喂！信田丸！你趕快過來！」

可憐的岩丸叔叔又在叫爸爸，爸爸聽到後，揮了揮手回應後說：

「真傷腦筋啊，我等一下要開車，沒辦法喝酒……。不過可以用山楂汁和他們乾杯……」

爸爸說完，就離開了大家。

正在跳舞的狐狸們也邀小結他們一起加入。小匠和小萌也被狐狸拉著手，在正殿內一起跳舞。小萌搖尾巴的樣子最討人喜歡，狐狸們都樂不可支。終於完成婚禮的阿久里和村雨丸也在跳舞的人群中，阿久里的媽媽彌生也在新娘身旁喜極而泣，一起跳著舞。

「他們終於結婚了，真是太好了……」

小結看著新娘和新郎，暗自鬆了一口氣。

「如果因爲我們來這裡，讓那麼努力通過考驗的新郎和新娘結不了婚，那就太對不起他們了。」

鬼丸爺爺點了點頭說：

「五山會中，曾經有人強烈反對他們結婚，但是齋奶奶說服了他們。

齋奶奶說，並不是這兩隻狐狸的結婚有什麼不吉利，而是有人故意找麻煩。那個傢伙一下子寄惡作劇的信，一下子又召喚你們外人來山上，用卑劣的手段試圖阻止他們結婚。如果不同意讓這兩隻狐狸結婚，就等於幫了那個卑鄙的傢伙。如果五山會支持卑鄙小人，破壞神聖的結婚，就會成爲前例，以後也會有人想要做相同的事，絕對不允許這種事發生。『支持卑鄙小人』這句話，讓反對意見無法再堅持。在山的世界，五山會的決定至高無上，所以那兩隻狐狸就順利完婚了。」

「但是……」小結忍不住嘀咕，「但是直到最後，還是不知道那個卑鄙小人是誰。」

這時，小結發現媽媽和爺爺似乎互看了一眼，但他們馬上移開了視線，看向不同的方向。

咳咳。爺爺輕輕咳了漑。

「不必去想這些了，反正卑鄙小人的計謀沒有得逞，那個傢伙應該也只好放棄了。」

小結內心再度感到鬱悶。她覺得爺爺和媽媽似乎知道什麼，卻又故意隱瞞。明明迎接了完美結局，卻有一點點不開心。

「好了！」

媽媽似乎想要一掃小結內心的鬱悶說道：「我們也來吃美食，一起唱歌、跳舞。

你們的神樂真的很出色，即使前院沒有那些奇蹟的現象，我認爲你們的表演也很出色。」

狐狸的慶祝活動一直持續到深夜。小結也聽媽媽的話，吃了很多美味佳餚，和狐狸一起唱歌，忘了時間的存在。

大家都很高興，大家都一臉幸福，大家都發自內心享受滿月的夜晚。小季和她的第三個男朋友、岩丸叔叔與和好的夜叉丸舅舅、鬼丸爺爺、爸爸、媽媽、小匠和小萌都樂在其中，就連一身黑袍的祝姨婆，好像也暫時忘記了災難的預言。

不久之後，兩隻小狐狸來到正殿前方的走廊上，拍響了拍子木。

啪七、啪七。

「深夜即將到來！」

啪七、啪七。

「請爲送親隊伍做準備！」

啪七、啪七。

「請爲送親隊伍做準備！」

啪七、啪七。

另外一隻帶路小狐狸來到正殿內叫小結他們。

「各位鄉里的人類，請趕快下山。」

那隻小狐狸在正殿內找到了正在和狐狸一起唱歌跳舞的所有人，向他們傳達了這句話，然後帶著小結他們一家人，走到正殿的正門。

小狐狸指著西走廊，向他們鞠了躬說：

「請你們從走廊盡頭走去院子，沿著瓦頂泥圍牆那裡的門走出祝宮，再從西鳥居走下階梯。結界很快就會解除了。」

那個小狐狸女孩再次深深鞠躬說：「路上請小心。」然後就走回正殿，消失在歡樂的狐狸中。

狐狸也結束了狂歡，紛紛交頭接耳。

「要送親了。」

「送親的時間到了。」

小結一家人走在西走廊上，回頭看時，發現狐狸都從正殿的正門繞去東側，三五成群地走向北對。

「他們要去後面登上北山，在那裡變回狐狸的樣子，列隊組成送親隊伍後出發，沿著山脊一路把新娘送去玉置山。」媽媽向大家說明。

「我好想看送親隊伍……」

小結喃喃地說，媽媽笑著說：

「狐狸有一項規定，『不可以在人類面前露出狐狸尾巴』，在我們離開之前，他們不會變成狐狸的樣子。」

「喔，這樣啊……」

小結點了點頭，繼續走在走廊上。小萌已經累壞了，連續打了好幾個呵欠，爸爸把她抱了起來，小萌立刻在爸爸身上睡著了。信田家的五個人靜靜地走過西走廊，來到院子，走出了瓦頂泥圍牆上的那道門。

「啊……！」

當他們經過那道門時，除了已經睡著的小萌以外，其他人都異口同聲叫了起來。

因爲他們發現齋奶奶站在那裡。

「奶奶……」

小結注視著在高掛天空的滿月月光下，站在眼前的齋奶奶。齋奶奶一頭白髮，挺直了瘦瘦高高的身體，漂亮的鼻子、緊閉著嚴肅的嘴唇。……她就是小結的媽媽的媽媽，也是小結他們的另一個奶奶。

小結內心湧起了許許多多的感情，和許許多多的問題。

「奶奶……。齋奶奶，妳就是小齋嗎？」

小結問。

「對啊，」奶奶點了點頭說：「所以我對妳說，可以叫我小齋。」

沒錯。小結問那個女孩叫什麼名字時，那個女孩並沒有說自己的名字叫小齋，而是說「妳就叫我小齋吧」，因爲在祝宮內不可以說謊……。

「爲什麼不告訴我，妳是我的奶奶？」

小結問，齋奶奶開心地聳了聳肩說：

「因爲那時候我們都很忙，所以我覺得不適合聊這麼複雜的事。」

齋奶奶說的沒錯，那時候，小結差一點被祝姨婆發現，正面臨重大危機，但是之後兩個人在祕密基地時，明明有很多時間……。

小結正準備再次開口發問，小匠在一旁問了意想不到的問題。

「奶奶，是妳讓院子裡飄下雪花和花瓣嗎？」

「啊？」小結驚訝地看了看小匠，又看了看奶奶，所以是奶奶助了他們一臂之力？會有這種事嗎？奶奶當初極力反對媽媽和人類的爸爸結婚，從來不願意和爸爸、小結他們見面，她真的幫助了小結、小匠、小萌和爸爸……？

奶奶再次露出開心的眼神注視著小匠，嘴角露出淡淡的笑容說：

「山上有時候會發生神奇的事，尤其在這種滿月的夜晚……」

齋奶奶說了和鬼丸爺爺完全相同的話，然後輕輕吐了一口氣說：

「發問時間結束，你們趕快下山。經過鳥居之後，到走出結界之前，絕對不可以回頭。你們路上要小心。」

「給您添了很多麻煩。」爸爸鞠躬對齋奶奶說。

「是啊，真的添了很多麻煩。

我也有一個問題想問你。」

齋奶奶直視著抱著小萌的爸爸問：

「難道你沒想過，和狐狸族的女孩結婚，會有很多麻煩嗎？你不擔心和完全不同的族群結婚，可能會發生的狀況嗎？難道你沒想過會被捲入小祝常掛在嘴上的災難嗎？」

爸爸沉默了一下後，注視著奶奶回答說：

「我……沒有想過不好的結果。」

奶奶瞇起眼睛，微微歪著頭，然後領悟了爸爸的回答所代表的意思，鼻子輕輕哼了一聲。

「你的意思是，沒有其他選擇嗎？你是說，你和小幸結婚，是無法改變的命運嗎？」

齋奶奶抬起原本看著爸爸的雙眼，瞪著天空。

「好吧，你們走吧。月亮已經爬到最高處了，結界消失了。」

抱著小萌的爸爸最先走過紅色鳥居。

「那我們就告辭了。呃……代我向大家問好。」

接著是小匠。

14 齋奶奶

「奶奶，再見。」

小結準備走過鳥居時，問了奶奶最後一個問題。

「奶奶……我們還會見面嗎？齋奶奶，我還會見到妳嗎？」

奶奶注視著小結，然後又看向站在小結身後的媽媽。小結轉過頭，發現媽媽也在月光中，注視著奶奶。

齋奶奶又看著小結，輕輕點了點頭說：

「嗯，可以啊，我相信一定……。

所以……你們趕快走吧。」

小結露出微笑，對著奶奶點了點頭。

「好，奶奶，那我們就一言爲定，絕對、絕對要再見面。」

站在小結身後的媽媽也說：

「媽媽，謝謝妳，那我們回家了。」

媽媽把手放在小結的肩膀上。

「奶奶，拜拜。」

「媽媽，再見。」

小結和媽媽一起走過紅色鳥居，沿著長長的石階走下山。

雖然小結中途好幾次都想回頭看，但努力忍住了，她在心裡一直想著。

齋奶奶是不是一直站在皎潔的月光下，看著我們走下石階？

潮溼的夜風從山頂吹進了黑暗中。

15 送親隊伍

爸爸走過石階最下方的鳥居後，立刻大叫著：

「太好了！我順利走過鳥居了！」

白天走上石階之後，試了很多方法，都無法走出結界的鳥居。小匠緊跟在後，小結和媽媽也走過了鳥居。

一家人都站在原本世界的山路終點。爸爸的車子也停在路上，不可思議的是，車頭竟然已經轉向了，朝向山麓的位置。

「真是太好了，到底是誰幫我們把車子掉頭了？還是車子自己掉了頭？

反正，這樣就不需要在三更半夜，倒車沿著令人憂鬱的蜿蜒山路下山了。」

爸爸輕輕把睡得很熟的小萌放在後車座中央，立刻坐在駕駛座上，發動了引擎。

小結和小匠也上了車，分別坐在小萌的兩側，坐在副駕駛座上的媽媽關上車門。爸爸的車子在黑暗中緩緩出發了。

「你剛才不是問奶奶，是不是奶奶讓院子裡飄落雪花和花瓣？你爲什麼問奶奶那個問題？爲什麼？」

小結問，小匠打著呵欠，不耐煩地回答說：

「因爲我聽到那個五山會的代表楓奶奶和松風丸爺爺在正殿小聲討論，他們說，『那一定是齋的傑作。』『只有齋有辦法變出那些幻影。』」

「媽媽，真的嗎？那真的是奶奶變出來的嗎？」

「這個嘛，」媽媽看著前方說，「我也不知道，在滿月的時，山上經常發生一些不可思議的事……」

小結從後視鏡中看到媽媽在笑，立刻噘著嘴說：

「啊喲！媽媽，妳什麼事都瞞著我們！妳明明知道是誰在我們車上貼了白羽符，卻不告訴我們。這樣很過分欸！」

「啊！是嗎？」

原本靠在座位上的小匠也坐直了身體，向前探出身體。

「是誰？到底是誰在我們車子上貼了白羽符？果然是新娘的爸爸嗎？」

媽媽轉過頭，看著小結和小匠，然後又把頭轉了回去，看著後視鏡，對他們點了點頭說：

「對，剛才在祝宮內不能說，現在說出來應該沒問題了。」

「我就知道媽媽瞞著我們。」

小結仍然很生氣地嘀嘀咕咕，但一心只想知道祕密的小匠似乎完全不在意這種事。

「媽媽，妳什麼時候知道的？妳是怎麼知道的？是誰查出來的？那個人現在怎麼樣了？有沒有被抓到？」

「你不要著急，我會從頭到尾說清楚……」

媽媽在後視鏡中爲難地笑了笑，然後娓娓說了起來。

「媽媽是在發現『驗明靈魂』時，舞台上的是冒牌新娘這件事後，才發現這件事的始作俑者。」

「什麼？這是怎麼回事？」

小匠不瞭解當時的狀況，一臉驚訝地問。

「我和小萌發現，新娘本尊在西對內睡得很熟，結果另一個新娘在完成『驗明靈魂』儀式後回到了西對，那個人就是冒牌新娘。」

一旁的小結簡略地向小匠說明了情況後，媽媽再次說了起來。

「因爲並不是誰都能夠變身成和新娘阿久里一模一樣的狐狸，如果不瞭解阿久里變身後的樣子，不可能變身成一模一樣。雖然角隱頭飾能夠稍微掩飾一下，但是既然在舞台上舉行儀式期間，沒有讓賓客和坐在身旁的新郎產生懷疑，就代表真的很像阿久里變身後的樣子。」

「所以說，那個傢伙和小季一樣，都是變身高手嗎？」

小結問，媽媽搖了搖頭說：

「即使小季也沒那個能耐，因爲每隻狐狸都有自己變身後的樣子，要變身成他人是高難度的技術，難免會在某些小細節的部分出現差錯或是差異。雖然有可以複製別人樣貌的方法『水鏡術』，只不過使用水鏡術時需要工具，而且也很費工夫，在祝宮內不可能在沒有人注意的情況下，使用這種方法變身成他人。」

「所以是誰冒充新娘？」

小匠問，正在開車的爸爸回答說：

「是不是……彌生？」

「什麼!!」小結和小匠都驚叫起來，媽媽點了點頭說：

「沒錯。彌生才有辦法變身成阿久里，因爲她們朝夕相處，她比任何人更常看到阿久里變身後的樣子……。而且彌生要在阿久里的餐點中加安眠藥，不是易如反掌嗎？」

「但是，阿久里的媽媽爲什麼要做這種事？爲什麼想破壞自己親生女兒的婚禮……」

小結問，媽媽轉過頭，一字一句地回答說：

「正確地說，彌生並不是破壞阿久里的婚禮，而是有必須保守的祕密，爲了保守那個祕密，所以不得不出此下策。」

「祕密……？」

小結和小匠互看了一眼，看著前方的媽媽點了點頭說：

「沒錯。你們認爲彌生爲什麼要變身成女兒的樣子，然後代替真正的阿久里，參加『驗明靈魂』的儀式？因爲如果不這麼做就會出事。

如果真正的阿久里參加『驗明靈魂』儀式，就會出問題。」

「什麼意思？會出問題？」

小匠著急地問，握著方向盤的爸爸輕輕吸了一口氣，再次開了口。

「……這樣啊……，原來阿久里並不是狐狸……」

「什麼!!」

小結和小匠再次大叫起來。

「不會吧！怎麼會有這種事！她不是一直都住在狐狸山上嗎？如果她不是狐狸，不是馬上就會被發現嗎？」

小結努力表達內心的疑問，爸爸看著後視鏡笑了笑說：

「媽媽和你們也都一直在人間生活，但目前沒有任何人發現你們身分。無論是學校的同學，還是左鄰右舍，都沒有人知道媽媽是狐狸，你們三個孩子也是狐狸和人類的混血兒，所以阿久里也一樣。」

「等……等一下。

嗚呃，我搞不懂這是怎麼回事，所以阿久里不是狐狸，而是混血兒嗎？」

小結陷入了混亂，搖了搖頭。小匠也靠在椅子上抱著頭。媽媽又緩緩向他們說明。

「爸爸說的沒錯，人類的爸爸和狐狸媽媽生下的孩子，就像你們和小萌一樣，都會有人類的外形？但是，如果爸爸和媽媽的身分相反……，也就是說，如果媽媽是人類，爸爸是狐狸，生下來的孩子是狐狸的比例相當高。

阿久里其實是狐狸爸爸和人類媽生下的混血兒。仔細想一想，阿久里晚上看不到，也是因爲遺傳了她親生母親的性質。但是，阿久里並不知道這件事，彌生至今爲止，一直、一直獨自守護這個祕密。

結果沒想到，彌生疼愛的阿久里說，她要和其他山上的狐狸結婚，彌生感到不知所措。因爲按照規定，不同山上的狐狸結婚時，就必須舉辦『婚禮儀式』……。在『驗明靈魂』儀式時，一旦阿久里對著寶玉吹氣，大家就會馬上發現阿久里的真實身分。爲了避免這種情況發生，彌生想方設法想要阿久里打消結婚的念頭，甚至不惜寫了恐嚇信……。但是，阿久里並沒有改變心意，所以在舉行婚禮時，彌生就用了另一招。她安排了意外的狀況，希望婚禮能夠中途停止，我們就是她計畫中的意外狀況。她認爲只要用白羽符召喚人類上山，立刻會引起很大的騷動，婚禮就會中止。

沒想到這個計謀也沒有得逞。因爲我們巧妙地隱瞞了自己的真實身分，混入了祝宮，然後就到了舉行『驗明靈魂』儀式的時間，彌生在無奈之下，只好自己變身成阿久里，代替阿久里參加儀式。」

小匠插嘴說：

「她一開始這麼做不就解決問題了嗎？她只要在『驗明靈魂』時代替阿久里，其他時候就當作什麼事都沒發生，不就解決問題了嗎？」

「那可不行。」媽媽說，「因爲在『驗明靈魂』儀式時，新娘站在舞台上，首先要報上自己的名字。彌生一旦說自己的名字叫阿久里，不是就說了謊嗎？

這麼一來，在之後的『驗明口嘴』時，就會被發現說了謊，被五山會懲罰，到時候還是必須說出阿久里的祕密。

所以，她想盡各種方法，希望在發生這種狀況之前，阻止這場婚禮。於是彌生就用了最後的手段，也就是射出一支綁了一封信的白羽箭，自導自演了一齣戲，讓大家知道我們的真實身分。她事先就準備了那封信以備不時之需。」

「但是……那她今天晚上『驗明口嘴』時是怎麼過關的？『驗明口嘴』儀式不是順利結束，沒有發生任何問題嗎？如果彌生阿姨沒有通過考驗，一定會引起轟動……」

小結納悶地問，媽媽難以啓齒地說出了真相。

「不瞞你們說，今天晚上的『驗明口嘴』有小玄機。彌生吹氣的那片樹葉和其他人拿到的樹葉不一樣，只是普通的泡桐樹樹葉，所以即使吹了氣，顏色也不會改變。」

「她怎麼會有那種樹葉？是她自己準備的嗎？」

媽媽顯得更加難以啓齒，但還是向大家說明。

「齋媽媽事先做了準備，讓彌生拿到假樹葉。『驗明口嘴』的儀式，不是都在五山會的監親下進行嗎？所以齋媽媽在托盤的樹葉中，混入了一片普通的樹葉，然後把那片樹葉交給彌生。這並不是太困難的事。因爲發樹葉時，先發給新郎和新娘，然後是他們的父母，所以事先就知道彌生會拿到第五片樹葉。」

「什麼？奶奶也協助彌生阿姨嗎？」

小結瞪大了眼睛問：「奶奶爲什麼要協助彌生阿姨？因爲彌生阿姨的行爲很卑鄙，也很惡劣，即使是爲了保守祕密，我也無法原諒這種想要破壞自己女兒婚禮的行爲。」

小匠聽了小結的意見，也點了點頭說：

「對啊！而且把根本不相干的我們也牽連進去，未免太自私了。」

媽媽看到姊弟兩人氣鼓鼓的樣子，忍不住嘆了一口氣，然後又緩緩說明：

「你們在釣魚亭練習神樂時，我偷偷把小結她們看到的冒牌新娘的事告訴了齋媽媽。媽媽聽了之後，立刻察覺到祝宮內發生了什麼狀況。……正確地說，媽媽發現在那封不匿名信出現之後，彌生的態度就很奇怪。齋媽媽爲了調查真相，就變身爲小狐狸，暗中監視祝宮內的情況。

當賓客都在熱烈討論『壓軸神樂』的話題時，我和媽媽把彌生找去西對，充分瞭解了情況。

彌生說，阿久里剛出生不久，還是狐狸小嬰兒時，就被人丟棄在山麓的樹林中。她的身上包著人類的襁褓，旁邊放著人類嬰兒用的奶瓶和奶粉。

彌生和一條丸見狀，立刻發現那不是普通的狐狸小嬰兒。以前，山上的狐狸和鄉里的人類之間的往來比現在更頻繁，所以他們馬上就意識到，這隻小狐狸一定是狐狸和人類生下的孩子。生下來是狐狸外形的孩子，很難在人間生存，所以那個孩子的母親一定萬般不捨，只能把她丟在山麓，希望山上有人願意把那個孩子養大……。

彌生和一條丸很愛那個孩子，悉心照顧，把她當成自己的孩子。

一條丸經常去人間，並不是去玩樂，而是因爲阿久里遲遲無法適應山上的生活，所以他去鄉里偷偷帶了人類的食物回來山上。」

「既然他們那麼愛她，應該把真相告訴她。」小結說，「彌生阿姨不是一直瞞著阿久里嗎？阿久里不是不知道自己是混血兒嗎？這樣太過分了，因爲明明是自己的事……。如果媽媽欺騙我，隱瞞我是混血兒這件事，我絕對會不高興，而且會超恨媽媽。」

「我也不願意被矇在鼓裡。」小匠也表示同意。

「每個家庭的狀況不同，我們家是我們家，別人家是別人家。」媽媽說，小匠嘟起嘴說：

「大人每次都這麼說……」

「因爲本來就是這樣啊。」媽媽繼續說道，「我們家有爸爸，也有媽媽，所以可以和小結、小匠和小萌一起保守這個祕密，但是阿久里的爸爸一條丸帶著祕密死了。如果一條丸還活著，也許有一天會把真相告訴阿久里，也許會和彌生討論之後，決定把真相告訴阿久里，但是一條丸死了，彌生無法和任何人討論，只能自己一直守住這個祕密。因爲她當初和一條丸約定，要把阿久里當成是親生女兒養育長大……」

「所以一條丸真的死了嗎？沒有搞錯嗎？」

小結問，媽媽沉默片刻，輕輕吸了一口氣後說：

「彌生去人間尋找一條丸的下落，結果有人告訴她『有一隻狐狸在農家的玄關偷了一樣奇怪的東西』。那隻狐狸偷了擺設在玄關架子上的精緻雛人偶皇后，正準備逃走時，就被車子撞到了。

『真搞不懂狐狸偷那種東西有什麼用？』那個人不解地說。

彌生哭著告訴我們，一條丸一定希望在人間出生的阿久里，也可以像人間的孩子一樣，慶祝出生後的第一個節日，所以想送阿久里一個小人偶。

除了他以外，沒有第二隻狐狸會偷那種東西。」

媽媽說完後，小結和小匠都安靜下來，沒有再說話。

「不知道阿久里有沒有發現今天晚上發生了一些事？不知道彌生會不會告訴阿久里？」

爸爸好像自言自語地說。

「我們在西對說話時，阿久里還睡得很沉，我不知道阿久里醒來之後，彌生會對她說什麼，不知道能不能巧妙地掩飾過去……還是會把真相告訴她。」

「奶奶原諒了彌生阿姨嗎？奶奶聽了彌生阿姨說明的情況之後，就完全原諒她了嗎？」

小結問，媽媽搖了搖頭說：

「並沒有原諒她，齋媽媽向彌生提出了交換條件。只要彌生從今之後永遠都不再使用變身術，媽媽就不會說出真相。

因爲彌生寄了匿名信給自己，又在祝宮說了謊，召喚人類闖入神聖的婚禮，當然不可能不受任何懲罰。」

「但是，彌生阿姨即使受到懲罰，應該也會很高興。因爲在我們表演完『壓軸神樂』後，我看到她一直在新娘身旁，滿臉笑容，卻流著眼淚。」

小結想起這件事說到，媽媽也點了點頭說：

「那當然啊。雖然她爲了守住祕密做了那些事，但是她這個媽媽比任何人更希望女兒阿久里得到幸福。」

「但是，不是沒有告訴其他狐狸，到底誰是始作俑者嗎？這樣沒問題嗎？不會被人發現嗎？」

小匠歪著頭感到納悶，媽媽轉頭看著車窗外漸漸遠離的山頂說：

「到了明天，新的一天開始之後，沒有人會在意祝宮內曾經發生的事。狐狸都努力活在當下，這就是山上的世界。

在那個世界，比起昨天，比起明天，今天更重要。」

爸爸握著方向盤，瞥了媽媽一眼，輕輕咳了一下後開了口。

「如果是這樣，祝姨婆怎麼會那麼在意未來？她剛才還特地走到我身旁，向我 提出忠告。『不要因爲躲過一劫就感到安心，你的未來還有數不清的災難。』」

「她到底知不知道是誰爲我們家帶來災難？她不要整天向我們提出忠告，而是應該忠告那個人，叫他不要把災難帶來我們家。」

小結說。

「啊……對了，爸爸，」小匠問：「你知道夜叉丸舅舅是怎麼和岩丸叔叔和好的嗎？」

「我當然知道。」爸爸點了點頭說：「舅舅對他說：『我可以隨時帶你去信田丸家裡玩。』」

「信田丸家……所以就是我們家。」小匠說。

「哥哥的意思是，隨時要來我們家玩嗎？而且是帶著岩丸先生？」

媽媽皺起眉頭問。

「鬼丸爺爺可能會帶奶奶一起來家裡玩。啊，小季可能會帶她男朋友一起來，到時候我們家就太熱鬧了。」

「嗯……」爸爸聽了小結的話，低吟了一聲，「不行……，這樣祝姨婆的預言就成真了。」

媽媽和小結發出呵呵的竊笑聲時，剛才睡在後車座中間的小萌突然睜開眼睛坐了起來，指著擋風玻璃說：

「你們看！山上有藍色的火！」

車子正行駛在山谷的下坡彎道上，彎道外的山谷後方，是一片黑壓壓的山脈。山脊上閃爍著藍白色的火光，排成一列，緩緩向前移動。

爸爸確認後方的狀況後，放慢了車速。

「哇！是狐火！是狐火在燃燒！」

小匠看著遠方黑暗中藍白色的火光，興奮地叫了起來。

「原來那就是送親隊伍，是狐狸出嫁。」

小結忍不住陶醉地說。

「小萌也想當新娘……」

小萌輕聲嘆著氣。

「真希望阿久里和村雨丸從此過著幸福快樂的生活，要連同她爸爸的份一起幸福。」

爸爸說。

「他們絕對可以幸福。」

從後視鏡中，可以看到媽媽露出了笑容，注視著爸爸。

「阿久里選擇了唯一的路，當然會是完美結局，不是嗎？」

爸爸聽了媽媽的話，點了點頭。

滿月已經微微西沉，皎潔的月光照亮了黑暗深處。

把新娘送去新郎那座山的送親隊伍舉著藍白色的狐火，在黑暗中延綿。

涼涼的夜風從打開一條縫的車窗中吹進來，小萌打了一個呵欠。

秋日漫長的一天，終於快結束了。

後記

《人狐一家親》系列已經進入第六集了！來到第六集時，信田家一家人才終於踏進了狐狸的世界。

在寫這一集時，最傷腦筋的就是必須詳細描寫狐狸的世界。小結一家人被召喚進入的結界中，到底是什麼樣的地方？要逐一描述風景、建築物的配置，和宮中的狀況並不是一件容易的事，但也同時是有趣的挑戰。當我重新閱讀完成的故事，覺得狐狸的世界栩栩如生地出現在眼前。感覺從很久以前到現在，山上的狐狸都像這樣聚集在不為人知的莊嚴宮中，舉行祕密的婚禮儀式。

除了北海道和沖繩以外，日本全國各地都有「狐狸出嫁」的故事。江戶時代的隨筆中，還多次出現了目擊故事。比方說，《今昔妖談集》中提到，在寬保五年（一七四五年），有一個看起來像是大名家中的僕人來到江戶本所竹町的渡口，對渡船老闆說：「今天晚上，主人的千金要嫁去下谷，請多準備幾艘渡船。」然後留下一兩的小金幣就離開了。渡船老闆欣喜若狂，當天晚上準備了渡船在渡口等候，不一會兒，就看到燈籠的燈光照亮的豪華送親隊伍走來，搭上了渡船，前往對岸。沒想到隔天早晨醒來，渡船老闆發現收下的金幣竟然變成了樹葉……。江戶人得知這件事後，紛紛認為那是葛西金町半田稻荷的狐狸，嫁給淺草安左衛門稻荷的狐狸時的婚禮。讓人驚嘆無論是山上的狐狸，還是都市稻荷神社的狐狸，舉行婚禮時，都會有豪華陣容的送親隊伍。

這次描寫沒有人知道的狐狸世界時，再次得到了大庭賢哉先生的大力協助，大庭先生清楚地描繪出祝宮的樣子和婚禮的情景，簡直就像曾經親眼目睹。由衷地感謝大庭先生每次都為《人狐一家親》系列畫上精美的插圖。

信田一家雖然順利離開了狐狸的宮殿，但他們的災難並沒有結束。下一集，來自狐狸世界的特別客人將出現在小結他們家中。

敬請期待。

富安陽子

國家圖書館出版品預行編目資料

人狐一家親6 誤闖狐狸殿堂 / 富安陽子著；大庭賢哉繪；王蘊潔譯. －－ 初版. －－ 臺中市：晨星出版有限公司，2023.11
面； 公分. －－（蘋果文庫；151）
譯自：シノダ！キツネたちの宮へ
ISBN 978-626-320-663-2（平裝）

861.596 112016700

填回函，送Ecoupon

蘋果文庫 151

人狐一家親6 誤闖狐狸殿堂

シノダ！キツネたちの宮へ

作者 富安陽子
繪者 大庭賢哉
譯者 王蘊潔
編輯 呂曉婕
文字編輯 呂昀慶
文字校潤 呂昀慶、蔡雅莉、呂曉婕
封面設計 鐘文君

創辦人 陳銘民
發行所 晨星出版有限公司
台中市 407 工業區 30 路 1 號
TEL:(04)23595820 FAX:(04)23550581
E-mail:service@morningstar.com.tw
https://star.morningstar.com.tw
行政院新聞局局版台業字第 2500 號
法律顧問 陳思成律師
初版日期 西元 2023 年 11 月 15 日

讀者服務專線 TEL:（02）23672044 /（04）23595819#212
讀者傳真專線 FAX:（02）23635741 /（04）23595493
讀者專用信箱 service@morningstar.com.tw
網路書店 https://www.morningstar.com.tw
郵政劃撥 15060393（知己圖書股份有限公司）

印刷 上好印刷股份有限公司

定價 350 元
ISBN 978-626-320-663-2